処刑された王女は隣国に転生して聖女となる

MAIN CHARACTER
ローラ
ディアナの母親。
過保護気味な性格で
護符作りが得意。
ダニエル
ディアナの父親。
辺境の森に住むが
剣の腕は一流。
ティムシー
ディアナの兄。
幼い頃からディアナを助け、
優しく見守り続ける。
ディアナ
隣国セーヌヴェットの
王女だった前世の記憶と
癒しの力を持つ十六歳の少女。
家族以外には人見知りが激しい。

ユーリア
アシュリナを処刑し、
国を救った「聖女」と
呼ばれている。
アシュリナ
セーヌヴェットの王女で
ディアナの前世。
無実の罪を着せられ
処刑されてしまう。
シャルル
ルシトリアの第三王子。
意識せずとも
人を引き付ける性格。
ライオネル
ルシトリアの王。
厳格な性格で何よりも
国体維持を考え行動する。
ミーシャ
ルシトリアの王女。
アシュリナに
よく似た雰囲気を持つ。

プロローグ　思い出した記憶

熱い。熱い。熱い。

体が、燃えていく。

『――私は、魔女ではありません！』

悲鳴と共に吐き出した叫びはすぐに、喉から入っていく灰と煙によりかき消された。

そこから先は、赤。赤。赤。

炎の赤しか、覚えていない。

……どうして、こんなことになったのだろう。

私はただ、苦しむ民を救いたかっただけなのに。

腹違いの兄の王位を揺るがすつもりなんて、少しもなかったのに。

『――お前は、魔女だ。特別な力をもって、民をたぶらかし、国を混乱に導く』

吐き捨てるように、兄は言った。

『【聖女】は、ふたりもいらないの。民が崇《あが》め、感謝する癒しの力の持ち主は、私だけでいいの』

兄がどこからか連れてきた、【聖女】はそう言って艶然《えんぜん》と笑った。

『偽《にせ》聖女』

『魔女』

『国を揺るがす災厄』

かつて私を、特別な存在だと褒め称えた国民達が、口々に私を罵《ののし》る。

滅ぶべき、忌まわしい存在だと。

——ああ、私は。

私はこんな風に特別な力を持って、生まれてはいけなかったのかしら？


「ぁぁぁあああああああ！！！！」

自分の悲鳴で、目を醒《さ》ました。

真っ黒に焼け焦げ、ぼろぼろになった体を、とっさに掻《か》きむしる。

あ、あ、ああ、肉が。崩れていく。

骨が。骨が見える。

「——っディアナ！　ディアナ！　どうしたの、いきなり」

隣で眠っていた母様が飛び起き、悲鳴をあげて体を掻《か》きむしる私の手を、押さえ込んだ。

母様？　ディアナ？

違う、私は私は……

「……ごめん、なさい。怖い、夢を見たの」

意識が覚醒するにつれ、焼け焦げた体の幻影も消えていった。泣きそうな顔でわたしを押さえ込んでいる母さまの姿を見ているうちに、今の記憶が鮮明になっていく。

わたしは、ディアナ。六さい。

母さまは、ローラ。

……うん。ちゃんとわかる。

「……ディアナ！　ローラ！　一体何があった⁉」

隣の部屋で明日の狩りの準備をしていた父さまが、血相を変えて飛び込んできた。

「母さん、ディアナは大丈夫なの⁉」

父さまの準備を手伝っていた、兄さままでやってきた。

父さまは、ダン。

兄さまは、ティムシー。

そして、ここはルシトリア王国の端っこ。マーナアルハの森にある、小さなわたし達のおうち。

「……怖い夢を見たんだって」

母さまの言葉に、父さまと兄さまはホッとしたように肩を落とした。

「なあんだ。そんなこと」

「……ごめんなさい。父さま。兄さま……母さまも」

「いやいや、何でもないなら、良いんだ」

「そうよ。ディアナが無事なら、良いの」

父さまは髭《ひげ》だらけの顔を近づけて、そっとわたしの額にキスをした。

「それじゃあ、もう一度お休み。私のかわいいおちびさん。怖い夢は今、父さまが食べてあげたから」

「……額にキスをすると、怖い夢を食べたことになるの？」

「ディアナがそう、信じればね」

「あ、じゃあ、俺もする」

「私も」

兄さまと母さまも、順番に額にキスを落としてくれる。先程までの恐怖が段々と薄れていった。

「それじゃあ、ゆっくりお休み。今度こそ、良い夢を」

父さまと兄さまが作業に戻り、母さまは隣で、わたしのお腹の辺りを布団の上から一定のリズムで優しく叩いてくれた。

わたしは目を閉じて寝たふりをしながら、先程まで見ていた夢のことを考えていた。

さっきの夢……あれは、本当にただの夢だったのだろうか。

――夢の中でわたしは……隣国セーヌヴェットの王女様だった。

アシュリナという名の彼女は、生まれつき人々の病や傷を癒せる特別な力を持っていた。そして、その力で苦しむ民を救うことが、彼女の生きがいだった。

アシュリナは、ただ、苦しむ人々を救いたかっただけ。

しかし、父王の死去に伴い、アシュリナが十三歳の時に王位を継いだ腹違いの兄ルイスは、そうは思わなかったらしい。

『アシュリナは、癒しの力を使うことで民の人気取りをしている』

『表向きは従順でいるが、腹の底では玉座を狙っているに違いない』

篡奪《さんだつ》を恐れるルイス王はそう思い込み、アシュリナを疎《うと》んだ。

それでもアシュリナは、癒しの力を使うことをやめなかった。たとえますます兄に疎《うと》まれることになっても、彼女は苦しむ民を見殺しにできなかったのだ。

しかし、ルイス王がアシュリナと同じ力を持つ、聖女ユーリアをどこからか見つけだしたことで、アシュリナの状況は一変する。

『アシュリナの力は偽物で、ユーリアこそ本物の聖女だ』

『アシュリナは民を救っているように見えるが、災厄を別の形に転移させているだけなのだ』

『先月起こった、カシュム地方の水害はアシュリナのせいだ』

『昨年の、タアル地方の地震もアシュリナが引き起こした』

『アシュリナが力を使い、人を助ける度、何倍もの人間が犠牲になる』

『ペテン師の魔女め』

『魔女を殺せ』

『殺せ』『殺せ』『殺せ』

『――魔女を焼き殺せ！』

ルイス王とユーリアの広げた風評は、瞬く間に民の間に広がり、アシュリナは聖女から一転、恐れられ忌み嫌われる存在となった。

ルイス王は民を先導し、アシュリナを魔女として捕らえ……そして衆人環視の中、火炙《ひあぶ》りの刑に処したのだ。


「……っ」

炎に焼かれる瞬間の記憶が鮮明に蘇《よみがえ》り、悲鳴をあげそうになった口元を押さえた。

母さまは、わたしの寝たふりを信じたようで、今は隣で安らかな寝息を立てている。起こしてはいけない。

頭からかぶるように布団に潜り込み、ひとり震えた。

あれは、夢だ。ただの夢。

母さまに聞いた物語や、逸話がごちゃごちゃになって、鮮明に現れただけの、ただの夢。

アシュリナなんかいないし……万が一存在していたとしても、いつか聞いた隣国の歴史を夢に見ただけだ。

わたしは、ディアナ。狩人で生計を立てている、父さまの娘。

王女様でなんて、あるはずがない。

それでも目をつぶれば、まるで自分が体験したかのように、アシュリナ王女の思い出が蘇《よみがえ》る。

それは、昨日までのわたしには、確かに存在しなかったはずの記憶。

……ああ、でも、ディアナとして物心がついた時には、すでに火が怖くて仕方なかったな。

そう思ってしまってから、あわててその考えを否定する。

ディアナとして、ってなんだ。わたしは、ディアナだ。それ以外の何者でもない。

どれほど、鮮明でもただの夢。あの悲劇の王女の生涯を、自分がかつて経験しただなんて思ってはいけない。

「……うんっ……」

寝返りを打った母さまに、体がびくりと跳ねた。心臓がばくばくと波打つ。

……落ち着くんだ、わたし。

となりにいるのは、優しい母さま。わたしをあいし、守ってくれる人。こわいことなんて、何にもない。

ゆめの中の、こわい人達とはちがう。


『殺せ』

『魔女め』

『だまされた』

『お前のせいで、あの子はっ！』

耳の奥に貼りついたように、脳裏に響く怨嗟《えんさ》の言葉から、必死に耳をふさぐ。

そうやって、責め立てられたのは、わたしじゃない。

理不尽な憎悪の視線にさらされたのは、わたしじゃないんだ。

目が醒《さ》めてなお、より鮮明になっていく過去の光景を拒絶して、必死に目をつぶった。

六歳の自分の思考が、明らかに昨日までの自分に比べて十歳は老成している事実からも、目を逸らして。

◆　◆　◆

「眠そうだな。ディアナ」

木の実を採集する手が止まり、びくりと体が跳ねた。

「……ううん。眠くなんかないよ。全然」

「うそつけ。さっきからあくびを噛み殺してるじゃないか」

心配そうにわたしを覗き込む、ティムシー兄さま。その顔が夢で見たルイス王の顔と重なり、悲鳴をあげそうになった。

「昨日あれから眠れなかったんだろ？　……そんなに怖い夢だったのか」

「……忘れちゃった！」

無邪気さを装って、兄さまから遠ざかる。

……大丈夫。ちゃんとわかってる。

ティムシー兄さまは、優しい人。あの人とは、ちがう。

「それより、早く木の実を集めよう？　いくら母さまのお守りがあるからといって、あんまり遅くなると危ないもん。夜の森は子どもをさらうっていうし」

森の中は、怖い強い、獣がいっぱい。

だけど、母さまのお守りがあれば、子どもふたりでも問題なく歩き回ることができる。

昨日まではその原理はわからなかったけれど……今ならわかる。きっと母さまが保護結界をお守りに施《ほどこ》しているのだ。……結界のような高度な術を使える母さまが、どうしてこんなところで、狩人の妻をしているのだろう。

「何があっても、俺が守ってやるから大丈夫だよ。ディアナは知らないだろうけど、父さんは狩人になる前は、最強の剣士だったんだ！　俺は父さんの息子だから、森の魔物くらいへっちゃらさ」

ティムシー兄さまの言葉に、さらに疑問は募る。

……何故、そんな華々しい経歴を持つ父さまが、こんな辺鄙《へんぴ》な森で隠遁《いんとん》生活を送っているのだろう。

この森にはわたし達親子しか住んでおらず、すぐ近くの村でも訪ねるにはかなりの距離がある。

わたしは六歳になる今まで、家族以外の人間とは関わらずに生きてきた。まるで、他人を厭《いと》うかのように。

「痛っ」

「大丈夫!?　兄さま」

「大丈夫だ。ちょっと木の尖《とが》ったところで、指の先を切っただけだから」

笑いながら指先を舐《な》める兄さまに、ハンカチを持って近づく。

……夢の中のわたしなら、こんな時、「力」を使うんだろう。

だけど、あれはただの夢、だから。あんな風に、兄さまの傷は癒してあげられない。

そう……あんな風には。

「っ」

次の瞬間、体内で何かがうごめくのを感じた。

それはほんの、一瞬の出来事。だが、わたしは確かにその感覚を知っていた。

「……あれ？　指の傷がなくなってる」

わたしのハンカチで止血をするべく、口から指を抜いた兄さまが、不思議そうに首をひねった。

さあっと、顔から血の気が引くのがわかった。

「……どうしよう。兄さま」

「ディアナ？」

「わたし……殺され、ちゃう……」

『殺せ』『殺せ』『殺せ』

あの声が、聞こえる。

『お前の、せいで……！』

あの、憎悪と嫌悪の視線が見える。

……赤。赤が、迫る。

赤が、わたしの体を包んでいく。

熱い。熱い。熱い。

燃える。燃えて、しまう。

体も、内臓も、全て燃えていく。

「……死に、たく……ないよ」

あの時は口にできなかった想いが、口から漏れた。

「わたし……死にたくないよ……」

もっと、生きたかった。もっと、生きて、幸せになりたかった。

聖女なんて、讃《たた》えられなくてもいい。王女なんて地位もいらない。

ただ、平凡な女の子として、生きたかった。

「……今度は、大丈夫だと思っていたのに」

今度こそ……幸せになれると思っていたのに……！

「――大丈夫だ。ディアナ」

体を包む温もりが、錯乱《さくらん》するわたしを我に返らせた。

「よくわからないけど……俺がいるから、大丈夫だ。何があっても、必ず俺がお前を守るから」

突然わたしが泣き出した理由もわからず、困惑しているだろうに、兄さまは優しくわたしを抱き締めて頭を撫《な》でてくれた。

とたん、ホッとして肩の力が抜ける。

……そうだ。大丈夫だ。

わたしは「もう」、アシュリナじゃない。ディアナだ。

優しい家族が、わたしの傍にいてくれる。

「ティムシー兄さまぁ……」

兄さまの胸にすがりながら、声をあげて泣いた。

兄さまはわたしが落ち着くまで、ずっとそのままでいてくれた。


「ごめんなさい……兄さま。取り乱して」

「気にするな。俺はディアナの兄貴だからな。泣きたい時は、いつだって胸くらい貸してやるさ」

泣き腫《は》らしたわたしの目尻を拭いながら、兄さまは優しく笑った。

「昨日は、よほど怖い夢を見たんだな。ディアナが、こんな風になるなんて」

「それは……」

言いかけて、口ごもる。……「力」のことを。昨夜見た「夢」のことを話すべきだろうか。

アシュリナが、かつてのわたしだったことは、もはや疑いようがない。いわゆる「前世」の記憶というものだろう。

今のわたしは、アシュリナの「記憶」と「知識」を持っている。全て思い出し、昨日までの、どこにでもいるただの六歳の少女、ディアナではなくなってしまった。

前世の記憶があり、異能の力を持つわたしのことをティムシー兄さまは……家族は受け入れてくれるだろうか。

「ディアナ……お前が話したくないなら、これ以上は聞かない」

ティムシー兄さまの緑色の双眸《そうぼう》を向けられ、どきんと心臓が跳ねる。

緑色の目は……前世の兄ルイスと同じ色。

だけど。

「だけど、ディアナ。これだけは信じてくれ。何があっても、俺はお前の味方だ。お前にどんな秘密があったとしても……お前は俺の大切な妹だってことだけは忘れないでくれ」

『お前なんか、妹じゃない！　卑《いや》しい女の腹から生まれた分際で、民を懐柔《かいじゅう》し、王位の簒奪《さんだつ》を企むとは！　お前のような性根の女と、半分でも血が繋がっていると思うと虫酸《むしず》が走るっ……私の前から、今すぐ消え失せろ！』

もう、ティムシー兄さまの姿は、あの人とは重ならない。

同じ緑でも、そこに宿る感情が全く違うから。

ティムシー兄さまの優しい緑の目には、妹であるわたしに対する愛情が、心配が、確かに宿っている。

こんな目を、ルイス王がわたしに向けてくれたことは、一度だってなかった。

「兄さま……その……信じてもらえないかもしれないけど……」

ティムシー兄さまなら、大丈夫。きっと、受け入れてくれる。

そう信じて、わたしは昨日見た夢の話と、自分の持つ異能の力について語りだした。

「なるほど……前世の記憶か」

「信じて、くれるの？」

「ディアナが、俺にこんな嘘を言うはずがないだろう？　……言いづらかっただろうに、話してくれてありがとうな」

ティムシー兄さまは安心させるようにわたしに笑いかけた後、すぐに眉間に皺《しわ》を寄せて、先程怪我した自分の手をじっと見つめた。

「この手が治ったのも……ディアナの力なのか」

「……気持ち悪い、かな？」

「そんなことを思うはずがない。素晴らしい力だ。……だけど」

「……だけど？」

ティムシー兄さまは少しだけ、考えこんだ後、ためらいがちにこう告げた。

「力のことも、前世の記憶のことも……父さんと母さんには内緒にしておこうか。ふたりがそれを聞いてディアナを嫌うことはあり得ないけれど。……もしかしたら、過去のことを思い出して辛くなるかもしれないから」

それは思いがけない言葉だった。

「父さまと母さまは……アシュリナ王女のことを知っているの？」

わたしの問いかけに、ティムシー兄さまは首をゆっくりと横に振った。

「父さんと母さんが、アシュリナ王女と実際関わりがあったかは、俺も知らない。だけど、ふたりが、かつて隣国セーヌヴェットの人間だったこと。そしてアシュリナ王女が、当時隣国に実在していたことは確かだ」

「……どうして、アシュリナ王女が実在したと、わかるの」

「以前父さんから、聞いたことがあるんだ。……父さんは、あの国で起きたアシュリナ王女を巡る暴動がきっかけで、母さんと幼い俺を連れて、このルシトリア王国へと逃れて来たんだって。その時の経験がもとで、父さんと母さんは人を避けるようになったって言っていた」

ティムシー兄さまの言葉に、胸が痛んだ。

兄さまが言う、かつてのわたしを巡る暴動とは……あの「魔女裁判」のことだろう。

あの忌まわしい事件は、アシュリナだったわたしの命を奪っただけではなく、優しい父さまと母さまの人生も狂わせていたなんて。

「……わたしのせいで、父さまと母さまは故郷を捨てることになったんだ」

「お前のせいじゃない。ディアナ。……それに、アシュリナ王女のせいでもない。悪いのは、セーヌヴェットの国王と、聖女だ。そんなことは父さんも母さんも、ちゃんとわかってる」

「……」

「だけど、それでも……きっとお前の前世の記憶と、特別な力は、父さんと母さんに悲しい記憶を思い出させるだろうから。……このことは、俺とお前だけの秘密にしておこう？」

兄さまは真剣な眼差しでわたしを見据えながら、小指を差しだした。

「お前の秘密も、お前自身も必ず俺が守るから。秘密を抱える苦しさも、半分俺が背負うから。……だから、ほかの誰にもこの話はしないと約束してくれ」

「兄さま……」

「俺はディアナのことを、すごく好きで大切だけど……同じくらい、父さんと母さんも大事なんだ。誰の苦しむ顔も、見たくない」

兄さまの気持ちは、痛いほどわかった。

わたしも自らの前世と異能を告白することで、あの優しい両親が傷つくのは嫌だ。

それに……わたしは兄さまのように、必ずふたりが受け入れてくれると、思うこともできなかった。

『ああ、アシュリナ王女！　あなたは、聖女だ。素晴らしい方だ！』

かつて、わたしをそう讃《たた》えてくれた人は、タアル地方の地震で家族を失ったことで一変した。

『魔女め！　私の息子を返せ！』

『お前の、せいでっ……お前のせいで、あの子は死んだ！』

『お前が死ねば、よかったのに!!』

悲しみは、人を変える。

そして時にその悲しみの責任を、他者に求めようとする。

父さまと母さまが、わたしの話を聞けば、ふたりはわたしが……アシュリナが存在しなかった未来を、どうしても想像してしまうだろう。両親が向けるわたしへの愛情を疑うわけではないけれど……そこに何らかの負の感情が生まれてしまうのは、人間として当然のことだと思う。父さまと母さまが、わたしを愛するほどに、ふたりは相反する感情に苦しむことになるだろう。

ただの作り話、悪い夢だと言って信じない可能性もあるけれど……なんにせよ、両親にとってその告白が良いものじゃないことは確かだ。

「……うん。約束する」

兄さまの小指に、自分の小指を絡《から》めながら、頷く。

「兄さまと……ふたりきりの秘密だよ」

「ああ。……俺も、誰にも言わない。それに改めて、誓うよ」

そう言って兄さまは、強い決意を秘めた緑の双眸《そうぼう》をわたしに向けた。

「どんな運命からだって、必ず俺がディアナを守ってみせる。ディアナは俺にとって誰よりも大切な……『女の子』、だからな」

指切りげんまんをして手を離すと、兄さまはくしゃくしゃと髪を撫《な》でてくれた。

「……それじゃあ、ディアナ。木の実も溜まったし、帰るぞ。あんまり遅くなると、母さんが心配するからな」

そう言って兄さまは、いつものようにわたしの手を引いてくれた。

――力のことも、前世のことも、兄さま以外には絶対に秘密にしよう。

兄さまの手を握りながら、そう決意した。

大好きな家族が傷ついて、どうしても力が必要になった時は別だけど……それ以外では絶対に使わないようにしよう。

この掌《てのひら》に伝わるぬくもりを、失わないためにも。

もうわたしは、アシュリナじゃない。ディアナだ。優しい両親と、兄さまがいる、どこにでもいるただの女の子だ。だから、もうあんな悲劇は、決して繰り返さない。

前世を忘れ、力を封印し、普通の女の子として生きていくんだ。

家に向かって歩きながら、気がつけばまた、目から涙がこぼれていた。

「……大丈夫だ。ディアナ。大丈夫。俺がついているから。何があっても、必ず俺がディアナを守るから……守って、みせるから」

自分自身に言い聞かせるように、兄さまはそう言って、わたしの目元を優しくぬぐってくれた。

第一章　ディアナの日々

「――ディアナ、ディアナ。今から畑の手入れをするから、手伝ってちょうだい」

「わかった。母様。髪を結《ゆ》ったら、すぐ行くね」

母様のもとに駆けつけるべく、伸びた栗色の髪を簡単に結い上げる。

鏡に映るのは、「ディアナ」である十六歳の私。母様譲りの栗色の髪と、はしばみ色の瞳をした平凡な少女。……同じ十六歳でも、月を溶かしたような白銀の髪に、夜明け前の空のようなダークブルーの瞳だった「アシュリナ」とは、全然違う。

「……ディアナ、まだー？」

「今、結い終わったところ。すぐ、そっちに行くね」

階下で私を呼ぶ母様に応えながら、急いで階段を駆け下りた。

私が、「アシュリナ」だった頃の記憶を思い出して、早十年。

古《いにしえ》から続く歴史を持つ、祖国ルシトリア王国。緑に満ちた美しい国。

――「ディアナ」である私は、このルシトリアの地で、何事もないままに「アシュリナ」が亡くなった時の年齢を迎えていた。

「キミヤルの実が豊作だね、母様。私達だけじゃ、食べきれないくらい」

「今年は、ずいぶんと天候が良かったから。でも、キミヤルが豊作だったのはこの森だけで、森を抜けた先のリーテ村では、あまり成長が芳《かんば》しくなかったみたいよ」

「そうなんだ。じゃあ、余った分は売りに行くの？」

「ダンとティムシーの狩りの成果次第ね。でも最近はティムシーもずいぶんと腕をあげたようだから、久しぶりに村に行くことになるかもしれないわ。買っておきたい品物もあるし」

母様とふたりでそんな会話をしながら、庭の畑のキミヤルを収穫する。キミヤルは、火を通せば甘くて美味しくなるし、栄養価も高く、長期間の保存もきくから人気の野菜だ。村で売れば、結構な値段になるはず。

「……ほら。噂をすればダンが帰ってきたみたいよ」

「おーい。ローラ、ディアナ、見てくれ。今日は大量だ。とてもひとりじゃ捌《さば》けないから、解体を手伝ってくれないか？」

「はーい、父様。今、行くわ。……母様。後は任せていい？」

「もちろんよ。ここまで採れば、後はひとりで大丈夫だもの。父様を手伝ってあげて」

母様の言葉に頷いて、父様のもとに向かった。

「――わあ。今日はずいぶんと獲れたね」

「繁殖期だからな。どれも、ちょうどよく太っているだろう？　ヤシフ鹿の解体は私がやるから、ディアナはウィフ鳥の羽毛をむしってくれるか？」

「わかった。それじゃあまず、お湯を沸《わ》かすね。……と、その前に」

父様の狩りの成果である、ヤシフ鹿とウィフ鳥、ひとつひとつを見る。

ウィフ鳥はすでに首を切って血抜きを済ませてあるようで、頭はついていない。だが、ヤシフ鹿の生を失ったつぶらな目は、何かを訴えかけるようにこちらを見ていた。

……少しも心が痛まないと言えば、嘘になる。

それでも。

「……命の恵みに、感謝します」

両手を組み、犠牲になった獲物と、それを私達に与えてくれた神に感謝の祈りを捧げる。

私達は、命を食べて生きている。ほかの生き物の命によって、生かされている。……そのことを、改めて心に刻みこむ。

「ディアナは律儀だな。こんな丁寧なお祈り、ローラだってしないぞ」

「狩りの獲物に、感謝を捧げることを教えてくれたのは、父様でしょう？」

「私は、せいぜい『ありがとさん』って言うくらいなものだけどな。どうも、神に祈りをというのは、柄じゃない」

「気持ちだもの。心が込もっていれば、どっちでもいいんだよ。きっと……それじゃあ、お湯を沸《わ》かしてくるね」

あらゆるものに、感謝の祈りを捧げるのは、「アシュリナ」だった頃からの習慣だった。だけど、食べるために犠牲になった生き物に捧げる祈りは、あの頃と、今では、その重さが全然違う。

「アシュリナ」だった頃、生き物の肉はとっくに解体されて調理されたものだった。当時の私の、食卓に上がった命に対する意識は、あくまで想像のものでしかなかった。

でも、今の私にとって、食材となる生き物の「死」は身近だ。つい先刻まで生きていた生き物を解体し、時には私自らその命を奪っている。家族でほぼ自給自足の生活を送りながら、狩人で生計を立てる父様を手伝って、この十数年生きてきた。

それだけで、自分は「アシュリナ」とは全く異なる存在だと、改めて思う。

——そして、今はそれが、とてもうれしい。

「……父様。今日の獲物は、家族だけで食べるには多いようにみえるけど……多い分は村へ行って売るの？」

湯で煮たウィフ鳥の羽をむしりながら、隣でヤシフ鹿を解体する父様に尋ねる。

「干し肉や塩漬けにして貯蔵に回そうかとも思っていたが……ティムシーの狩りの結果次第だな。最近あれは、私以上の大物を仕留める時があるから」

父様の答えに、決意を固める。「ディアナ」である私と「アシュリナ」は、違う。それなら……そろそろ、前に進むべきだ。

「もし村に行くなら……今度は私も連れて行ってくれない？　この森の外の世界を知りたいの」

父様は、驚いたように目を見開いて私を見て、すぐに小さく笑った。

「……そうだな。じゃあ、今度村に行くのは、ティムシーとディアナに任せることにしよう」

「ありがとう。父様」

「礼を言われるようなことじゃない。代わりに行ってくれるんだから、礼を言うのはむしろ私の方だよ。……ディアナが村に行くのはいつ以来だ？　数年前に、領主が行った政策が功をなして、最後にディアナが見た頃よりずいぶん発展しているが、驚くなよ」

父様は笑っていたが、その顔は淋しげで複雑そうだった。

少しだけ決意が揺らぎそうになったけれど、それでも私は自分の言葉を撤回することはせず、もう一度父様にお礼を言って、次のウィフ鳥の羽をむしりだした。


森の奥にある我が家は、一番近くの村からでも半日近くかかる。

私も兄様も村の学校に通うことはせず、学問も生活の知識も全て、父様と母様から教わった。

元剣士だと言う父様も十分過ぎる知識を持っているが、特に母様は、強力な護符を作れるほど、高度な教育を受けていた人だ。学校には通っていないが、「アシュリナ」だった頃の知識と照らし合わせても、平民としては十分な教育を受けている。村にだって、金銭的な問題で学校に通えない人がいるのだということを考えれば、恵まれている方だ。

父様と母様は人を厭《いと》い、一番近くの村であっても、必要な時にしか関わろうとはしなかった。だけどその一方で、子どもの私達にそれを強制することはなかった。

『ティムシー、ディアナ。今日は村に、集めた獣の皮を卸《おろ》しに行くんだが、ついてくるか？』

『今日は、村で一年に一度のお祭りがあるみたいなの。母様は留守番をしているけど、よかったら父様と一緒に行ってきたら？』

『……もし、もっと村の人達と交流したいと思っているのなら、気兼ねなくそう言っていいんだぞ。その時は、父様が村に連れて行ってやるからな』

父様と母様は、自分達のせいで子どもの世界が狭まることに、罪悪感があったのだろう。機会を見つけては、私とティムシー兄様に村の人達と関わらせようとしていた。

……六歳までは、私も時々村に足を運んでいた。

村に行っても、私は父様と兄様にべったりで、ほかの人と関わろうとはしなかった。だけど、森の外に出るというだけで、新鮮で楽しかったのを覚えている。

行かなくなったのは……「アシュリナ」の記憶を思い出してからだ。

『私はいいや。……家にいるよ』

何度もそうやって断るうちに、やがて父様も母様も、私に村へ行くことを勧めなくなった。

――優しい家族に対する恐怖心は、すぐになくなった。

最初は家族ですら、どうしてもぎこちなく接してしまった。けれど、秘密を知っている兄様がそれとなく手助けをしてくれた。

――火に対する恐怖心は、克服するのに少し時間がかかった。

それでも火は日常に深く関わっている。恐怖心を克服しなければ、家族の手伝いをすることはできない。家族は無理はしなくてもいいと言ってくれたけど、だからこそ皆の重荷になるのは嫌だった。

ひとりで火を扱えるようになるまで、三年。当時の記憶を反射的に思い出さなくなるまで、五年かかった。今でも火を使う時、たまにあの火刑の様子が頭を過《よぎ》るけれど、もうそのことに脅《おび》えて震えることはない。

あれは、私の……ディアナの記憶じゃない。「アシュリナ」の記憶だ。焼かれたのは、「私」じゃない。死んだのは、「私」じゃない。だから……大丈夫。私が火に脅《おび》える必要なんかないんだ。

そう、思うことができた。

だけど——どうしても「人」を……「他人」を怖がる気持ちだけは、捨てられなかった。

兄様は、私が「アシュリナ」として記憶があることを知っても、私を「ディアナ」のままでいさせてくれた。過去と、異能の力をふたりきりの秘密にすると、約束してくれた。

人里離れた森の奥の、優しい家族に囲まれた小さな小さな、私の世界。この世界なら、私はただの「ディアナ」でいられる。

けれどももし、この世界の外に出てしまったなら。はたして私は、「ディアナ」のままでいられるだろうか。

「アシュリナ」であった過去を暴かれ、またあの憎悪にさらされるのではないだろうか。また、あの憎悪の叫びを、浴びせられるのではないだろうか。

そう思ったら、他人がどうしようもなく怖くて仕方なかった。

だけどアシュリナが死を迎えた年齢になった今、ようやくこのままではいけないと思えた。

私より五つ上のティムシー兄様は二十一。本当なら、そろそろお嫁さんを迎えてもおかしくはない年齢だ。だけど、兄様の浮いた話は全く聞かないし、時折父様と共に村に収穫物の売買に行く以外には、家から離れようともしない。

その原因は……きっと、私だ。

『ディアナが村に行かないなら、俺も家に残るよ』

『村に行ってろくに話したこともない奴らといるより、ディアナといる方が楽しいから』

十年前に、秘密を打ち明けたこと。それが、兄様を私に縛《しば》りつけた。

ティムシー兄様は、妹の欲目を除いても素敵な人だと思う。

私と同じ栗色の髪に、父様譲りの緑の瞳。顔立ちは、父様にも母様にも似てないけれど、男らしくてすごく整っている。背も高く、狩猟で鍛《きた》えられた体は引き締まっていてたくましい。

まるで、物語に出てくる騎士様のようだと、兄様を見るたびいつも思う。

性格も家族思いで優しいし、とても頼りになる。その気になれば、すぐにでも恋人を作れるだろう。

それなのに、私の存在がそれを邪魔している。

私が「アシュリナ」の記憶を引きずる限り、唯一秘密を知っている兄様は、妹の私を心配し続けなければならない。前世のトラウマに縛《しば》られ続ける私を気にかけるあまり、ほかの異性に目を向ける余裕がないのだ。

……私はティムシー兄様がとても好きだから、傍にいてくれるのがうれしくないと言えば嘘になる。

でも私のせいで、兄様の人生が縛《しば》られるのは嫌だ。兄様には、思うままに生きてほしい。

だから……私は、もっと強くならないといけない。そのためにはまず、家族以外の人間と関わりを持つところから始めないと。

「ただいま。大物仕留めたぞー。ディアナ、解体を手作ってくれないか」

ティムシー兄様が帰って来たのは、それからしばらく後のことだった。

「お帰りなさい。兄様。大物って……ハーフセラ熊!?」

「おう。持って帰るのに苦労したぞ。こいつは」

自分の背丈よりも大きなハーフセラ熊の死体を引きずりながら、にこにこと笑う兄様の姿に、さあっと血の気が引く。ハーフセラ熊は、獰猛《どうもう》な獣だ。父様だって、対象を限定する護符を使って極力避けようとするのに、それをひとりで仕留めるなんて。

「けが、怪我はないの、兄様!? 血、あ、そこに血が……っ」

「落ち着け、ディアナ。これは返り血だ。俺の怪我は、こいつを運んでくる時にちょいと爪が腕をかすったくらいだ」

「っ大変！　すぐに今、治すね」

とっさに力を使おうとした私の手を、兄様はつかんで、ゆっくり首を振った。

「……ただのかすり傷だ。ディアナ。数日すれば、治るさ」

「でも……」

「でも、じゃない。約束しただろう？　家族がよほどの怪我を負わない限り、『力』の使用は禁止だって」

父様に伴って狩猟を行うようになって以来、兄様は大なり小なり怪我を負うようになった。

その度、私は「力」を使って治していたのだけど、いつの頃からか兄様自身がそれを止めるようになった。

『ディアナ。俺が怪我をするたび、力を使うのはやめろ』

兄様はその時今と同じように、治癒しようとした私の手をつかんで止めた。

『やっぱり……こんな力、気持ち悪いよね』

『違う。ディアナの力は素晴らしいよ。だけど、自然治癒する怪我まで治す必要はないだろう？』

兄様は、優しく笑って私の手を握った。慈《いつく》しむように向けられる緑の瞳に拒絶の色はなく、ホッとする。

『力を使うたび、ディアナは「アシュリナ」だった頃の悲しい記憶を思い出すだろう？　俺は、ディアナにそんな思いはさせたくないんだ』

『兄様……』

『力なんかなくても、ディアナは俺の妹だ。誰より、大切な存在だ。前世の分まで、今世は幸せになってほしい。……だから、家族がよほど重篤《じゅうとく》な怪我を負った時以外は、「力」を使わないと約束してくれ』

幸い、今に至るまで兄様はもちろん、父様や母様がそんな怪我を負ったことはなかった。

だから兄様の言う通り、ずっと癒しの力を使わないで来たのだけど……本音を言えば、すごく歯《は》痒《がゆ》い。小さな傷だろうと、大したことがない怪我だろうと、痛いものは痛い。家族が傷を負っている姿を見るたび、私が力を使えばすぐに治るのに、と胸が痛む。

だけど兄様は、それは自分も同じだと言う。

俺も、自分よりも大切な家族が傷つく方が辛い。だから、申し訳ないけれどディアナは我慢してくれと、私に謝る。……優し過ぎて、ずるいと思う。

「それより、ディアナ。ハーフセラ熊の解体の補助をしてくれ。新鮮なうちに処理しておきたいから」

「……わかった。父様も呼んでくる？　兄様は、ハーフセラ熊を解体するのは初めてでしょう」

「ミース熊なら父さんと何度か解体しているから、大丈夫だと思う。種は違っても、熊は熊だしな。やってみて、やっぱり俺だけで無理そうだったら、その時は呼んでくれ」

そう言って兄様は、獣の皮剥《かわは》ぎ用のナイフを取り出した。

「熊の場合は、まずは皮剥《かわは》ぎからだな。……ディアナ。そこ、動かないように固定しておいてくれないか」

「わかった」

兄様は器用な手つきで、皮をナイフで切り離していきながら、嬉しそうに口元を緩ませる。

「……ハーフセラ熊の毛皮は、村に持っていけば高く売れるんだ。内臓も、薬として珍重されているし、肉の値も悪くない。……多分、明日にでも村にこれを売りに行くだろう。そうしたら、儲けた金でディアナの新しい服を買って来てやるからな」

「……ティムシー兄様。そのことだけど」

「なんだ？　服より、本が欲しいのか？　ディアナは勉強家だものな。でも今回の儲けなら、両方買ってもまだまだ余裕があるぞ。……欲しいものがあれば、何でも言え。何だって俺が買って来てやるから」

「そうじゃなくて……次に村へ行く時は、私も一緒に行こうと思って」

皮を剥がす兄様の手が、ぴたりと止まった。

「……ディアナがそうしたいと言うなら、反対はしないけど。その……大丈夫、なのか？　家族以外の人間は怖いと言っていただろう」

「うん。そうだけど……私はもう、アシュリナが死んだ時と同じ年齢になったたし。そろそろ前に進みたいと思って」

兄様の目をまっすぐに見据えながら、改めて決意を口にする。

「兄様。あのね。……私、ディアナとして生きて、今までずっと幸せだった。優しい父様と母様に愛されて、兄様に守られて……本当にすごく幸せだったの。家族がこんなに温かくて優しいなんて、アシュリナは知らなかったもの」

実の母親を早くに亡くし、十三の頃に亡くなった父王は最期までアシュリナをかえりみることはなかった。そのうえ、腹違いの兄からは憎まれていた。

侍女や護衛騎士は、肉親のように温かく支えてくれたけれど……それでもやはり、主と従者という立場の差は、いつまでも消えなかった。聖女の使命を果たすために、アシュリナ自身が大切な人を作るのを避けていたというのもある。

ディアナである私は、今まで本当に幸せだった。前世の宿業を思えば、こんなに幸せでよいのか怖くなるほど。

——でも、だからこそ、今のままじゃいられない。

「でもね。幸せな、この小さな世界にはいつまでもいられない。ずっと守られている子どものままじゃ、いけないの。……そろそろ、大人にならないと。そうじゃなければ、いつまでも兄様を私に縛《しば》り続けてしまう。だから、私は『ディアナ』として前に進むことに決めたの」

最近の兄様の姿は……『アシュリナ』時代に、最期まで傍にいてくれた護衛騎士の人を思い出させる。

病弱な妻が産後すぐに亡くなり、幼い息子さんを兄嫁に預かってもらって働いているのだと言っていた、騎士アルバート。父様や、兄様と同じ優しい緑色の瞳をした穏やかな青年。

身分をわきまえながらも、兄のように私を慈《いつく》しんでくれたあの人は……私を守ろうと暴徒に立ち向かい、亡くなった。

このまま兄様の人生を縛《しば》り続けたら、いつか兄様がアルバートのように私の犠牲になってしまいそうで怖い。

「他人に対する恐怖を克服して、ちゃんとひとりで立てるようになると決めたの。兄様が……いつか結婚して、家を出てっても大丈夫なように。そろそろ兄様から守られなくても生きていける人間にならなきゃ」

「……俺は別に、一生このままでも構わないんだけどな」

「……え？」

「……いや、何でもない」

兄様は、小さく笑って首を横に振った。

「わかった。ディアナが決めたことなら、俺も応援するよ。一緒に村に行けば、直接お前の目で欲しいものも探せるだろうしな。……だけど、村にいる間は、くれぐれも俺から離れるなよ。ディアナは可愛いから、変な男に目をつけられないか心配だ」

「……可愛いなんて。そんなこと言ってくれるのは、家族だけだよ」

「当たり前だろ。家族しか、お前の姿を知らないんだから。……ディアナは自分を過小評価しがちだから心配だ」

……正直、これは兄の欲目もよいところだと思う。

私は、今世では他人と接していないけれど、前世のアシュリナ時代の記憶があるから、一般的な審美眼くらいは持っている。この十数年の間にこの辺りの地域の美人の基準が変わるわけもないから、自分に対する世間的な評価はだいたい想像がつく。

アシュリナ時代の私は、「美しいが、どこか陰気で華がない」と言われていた。聖女ユーリアが華やかな美しさを持っていたから、私の見た目がよけいに魔女であるという風評の信憑性《しんぴょうせい》を後押ししたと思っている。

それに比べても今の私は……言うならば、非常に地味だ。

髪も瞳も、一般的でどこにでもいる色だし、顔もパーツが全体的に小ぶりで、目立つ部分がどこにもない。決して醜《みにく》いわけではないけれど、初対面の人はすぐに忘れるだろう平凡な少女。……それが私だ。

「うん……やっぱり。顔は、隠した方がよいだろうな。後、村にいる間は極力声も出すな。声も可愛いから。……いや、顔を隠して声を出さなくても、仕草が……」

「……兄様。馬鹿なこと言ってないで、手を動かして。まだ半分以上残ってるよ」

これじゃあ、私が皮を剥いだ方が速そうだ。

呆れる私の言葉も、今の兄様の耳には入ってなかったようで。しばらくそのままぶつぶつと独り言を言っていた。

◆　◆　◆

「それじゃあ、ティムシー。ディアナを頼んだぞ。……くれぐれもディアナに変な男を近づけさせるんじゃないぞ」

「ディアナは可愛いし、世間知らずだから……心配だわ。やっぱり私も一緒に行こうかしら」

「……父様も母様も、変な心配しないでよ。私みたいなどこにでもいる娘に、声をかける人なんてそうそういないよ」

兄様も兄馬鹿だと思ったけれど、父様と母様もたいがい親馬鹿だと思う。

「父さん、母さん。安心してくれ。何があっても俺がディアナを守るから」

兄様は笑いながら、ふたりにそう返していた。

ああ……もう、これは仕方ないなと思った。

家族が何より大事だというのが皆の性分なのだから、必要以上に私を美化するのは仕方がない。

反論するだけ、時間のむだだ。

内心結構呆れているのだけど……うれしくないか、うれしいかと言われたら、とてもうれしい。

大切な家族の皆に愛されていると思うと、心がぽかぽかしてくる。

「じゃあ、ディアナ。荷物と一緒に馬車の荷台に乗ってくれ。俺が手綱を取るから」

「はーい。……ヒース。今日は、村までよろしくね」

馬車に繋がれた、大切な家族のひとりであるヒースのたてがみを撫《な》でて、こつんと額をぶつける。

ヒースは私の言葉に応えるように、一度高くいなないて、パカパカと蹄《ひづめ》を鳴らした。

「……相変わらず、ディアナに対しては調子が良いなあ、お前。俺が背中に乗ろうとしたら、いつも面倒くさそうにする癖に」

「そう？　でも、ヒースが一番信用して懐いているのは、兄様だと思うよ。……ねえ、ヒース。ヒースは賢いから、自分が兄様の馬だって、ちゃんと自覚してるもんね？」

そっと横顔をさすると、そうだと肯定するようにヒースは鼻を鳴らした。

ヒースは、兄様の十三歳の誕生日に父様から贈られた馬だ。馬車や荷台を引くのはもちろん、森の奥深くまで狩猟に出向く時は兄様を背に乗せて駆けたりと、私達家族のためにいろいろ働いてくれている。

「どうだかな。こいつは昨日も、俺の言うことを無視したぞ」

「それは兄様が、ハーフセラ熊が出るような場所にヒースも連れて行こうとしたからでしょう」

「こいつがいれば、ハーフセラ熊の良いおとりになると思ったんだけどな……っと。危ね」

抗議の意を込めて、指に噛みつこうとしたヒースから手を遠ざけながら、兄様は白い歯をみせていたずらっぽく笑った。

「……冗談だって、冗談。俺だってお前を危険な目に遭わせたくはないからな。……だけど、ヒース。今日の同行者は俺と父さんじゃない。俺と、ディアナだ。何かあったら、俺とお前でディアナを守る必要があるんだ。俺が見てない時にディアナに何かあったら、その時はよろしくな」

兄様の言葉に応じるように、ヒースは鼻を鳴らして、兄様の頬をなめた。兄様は笑ってたてがみをくしゃくしゃに撫《な》でた。

……ほら、やっぱり。ヒースは兄様が一番好きだし、兄様もこんなにヒースのことを信用している。主従というより悪友みたいな関係だけど、私はヒースと兄様の仲が良いところを見るのが好きだ。

父様と父様の馬であるエルの、絶対的主従関係もあれはあれで嫌いではないけれど。

「……私も今度の誕生日、父様にねだって馬を買ってもらおうかな。この先のことを考えたら、必要だよね」

「だめだ。ディアナには危ない。落ちて怪我したらどうするんだ。馬に乗りたいなら、俺か父さんが乗せてやるから良いだろ」

「練習すれば、きっと大丈夫だよ。狩りも連れて行ってくれないし、兄様は過保護過ぎるよ。私はもう十六歳で、兄様が最初に馬に乗りはじめたのは十三歳の時なのに」

「年齢は関係なく、向き不向きがあるんだよ。お前は体を動かすのは慣れていないから、森に行くよりも家のことをしていた方がいい。適材適所という奴だ。……ほら、わかったら、馬車に乗った乗った」

「……じゃあ、せめて荷台の奥じゃなくて、兄様の隣に乗らせてよ。景色が見たいの」

「それなら、大歓迎だ。……よっと」

兄様は私の腰の辺りを抱えて、荷台の縁《ふち》に乗せた。

……こういうところが、過保護なんだって。私だって、馬車にくらい自分で乗れるのに。

「それじゃあ、父さん、母さん。行ってくる」

「ああ。気をつけてな。遅くなるようだったら、無理はせずに村に泊まりなさい。宿屋の場所は知っているだろう?」

「そうね。夜の森は、ティムシーだけならともかく、ディアナには危ないもの。……一応、獣避けの護符はいつも以上に強力なものを作ったけど、やっぱり心配だわ」

「わかってるって。でも、夜の村も別の意味でディアナには危ないから、早めに用事を済ませて日暮れ前には家に帰るようにするよ」

そう言って兄様は、ひらりと荷台に飛び乗り、ヒースの手綱をとった。

「それじゃあ、父様、母様。行ってきます」

大きく手を振って、両親にしばしの別れの言葉を告げる。ふたりもまた大きく手を振り返してくれた。

慣れた小さな世界と優しい両親から離れることに、心細さと恐怖心を抱かずにはいられなかった。

だけど、隣にはティムシー兄様がいる。ヒースもいる。

だから……大丈夫。何があっても、前に進める。

馬車に乗って進む森の景色は、今はまだ見慣れたものであるはずなのに、初めて見る景色のように思えた。

それでも私は目を逸らすことなく、ただまっすぐ前を見据えた。

◆◆◆

「――着いたぞ。ディアナ」

到着したリーテ村は、確かに十年以上前の記憶より発展していた。

だけど、アシュリナだった頃のセーヌヴェットの王都をよく知る私には、特別衝撃を与えなかった。当時のセーヌヴェットはルシトリアよりずっと発展していて、王都近くの村は、こんな感じだった。

同じ王制国家であり、言語も多少なまりによる違いはあるものの、ほぼ同じ。それでも、宗教と歴史を尊ぶルシトリアと、国の発展を第一とするセーヌヴェットは、やはり違う。

……今は、セーヌヴェットのことを考えるのはやめておこう。それより、気になるのは村の人達の視線だ。

「……兄様。なんだか、私達すごく見られていない？」

「だから言っただろう。ディアナは可愛いって」

「……いや……どう考えてもそういう視線じゃないと思う」

実際村の人達の視線は、まず兄様に向けられて、次に私に向けられている。

男の人や年輩の方は単純に物珍しそうにしているだけだけど……若い女の人から向けられる視線に、敵意すら感じるのは気のせいだろうか。

思わず兄様の服の袖を掴むと、兄様は笑って手綱をつかんでいない方の手で、私の手を握ってくれた。

「大丈夫だ。ディアナ。俺がいる。……俺が、お前を誰にも傷つけさせないから」

その瞬間、遠くから女性の悲鳴が聞こえた。心なしか、向けられる敵意も強くなった気がする。

……あ、これ、絶対兄様のファンだ。

兄様がもてないはずがないという、私の評価が正しかったことがわかって嬉しい反面、勘違いされているようで居たたまれない。

ただの妹です、だから安心して兄様の恋人候補になってください！　……と、叫びたいくらいだけど、さすがにそんなことはできず、兄様の背中に隠れるように荷台の奥に引っ込んだ。

「ディアナ？」

「……お店に着くまで、こうしてていい？」

「そうだな。そうしてろ。どこの馬の骨かわからない奴らに、お前の姿は見せない方がいい」

鈍感なのか、兄馬鹿過ぎるのか。

私が隠れる理由を相変わらず勘違いしているらしい兄様に呆れながら、しばらく荷台から手綱をとるその背中を眺めていた。


「……おや。【森の騎士様】。今日は、父君と一緒じゃないんですかい」

いつも獲物を卸《おろ》しているという店に到着すると、店主らしき人の良さそうな初老の男は、私達を見て目を丸くした。

「【森の騎士様】？」

「……店主。その変な渾名《あだな》は、やめてくれと言っただろう。俺は、ただの狩人だ。騎士だなんて、そんな大層なもんじゃない」

心底嫌そうに眉をひそめる兄様を、店主は意味ありげな視線を送りながら笑った。

「またまた～。あなたも父君も所作といい、にじみ出る気品といい、どう考えてもただの狩人なわけありませんって。腰に提《さ》げている剣も、相当な値がする逸品とお見受けしますし。どこぞの高名な騎士様が、狩人に身をやつして森に潜伏しているのだともっぱらの噂ですよ」

「……潜伏しているのだというなら、ずいぶん気の長い話だな。父は狩人として、もう十六年以上この店に通っているはずだが」

「よっぽど、重要な任務なんでしょうな。安心してください。私は、誰かがあなた達のことを探りに来ても、決して口を割りませんから」

……いくら店主が口を割らなかったとしても、村中で噂されてる時点で手遅れな気がする。

父様はあくまで自発的に隣国を出たのであって、追っ手なんていなさそうだから心配しなくていいとは思うけど。

「……ところで、そちらの可愛いらしい方は、奥様ですかな？」

突然話をふられて、びくりと体が跳ねた。

「妹だ。……昔何度か、父が連れて来たことがあるだろう」

「ああ、そうでした、そうでした。妹さんがいらっしゃるんでしたね。何せもう十年もお姿を見たことがなかったものですから、すっかり忘れていました。……村の娘達が、喜びます。何せ年頃の娘はみーんな、森の騎士様に夢中ですから」

値踏みをするような店主の視線が、気持ち悪くてうつむく。悪意は感じないけれど、やはり他人の視線は落ちつかない。兄様は、その視線から逃すように私を背に隠してくれた。

「……それより、商売の話をしよう。これだけでいくらになる？」

「はいはい……ほう、これはハーフセラ熊、ですかな？　……はあはあ。なるほどなるほど」

店主は持って来た品物をしばらく眺めた後、さらさらと紙に数字を書いて言った。

「……こんなもので、いかがですかな？」

数字に視線を落とした兄様は、すぐにぎょっとしたように目を見開き、店主を睨んだ。

「……冗談だろう？　ハーフセラ態だぞ。王都に持っていけば、少なくとも三倍の値がつく」

「しかし、ここは見ての通りの田舎《いなか》ですからな。需要と供給という奴です。王都に卸《おろ》すにしても、運搬費用がかかりますから」

「……ちょっと、失礼」

兄様は舌打ちと共に店主から視線を外すと、私に小さな声で耳打ちをした。

「……父さんがいないから舐《な》められている。しばらく交渉するから、ディアナは店の中で品物でも眺めていてくれ。店内なら、何かあればすぐに俺が駆けつけられるから」

兄様の言葉に、私はすぐに頷いた。

「わかった。あっち見てるね」

売り物の値段交渉について、私は全く役に立たない自信がある。

人との関わりを避けていたディアナとしての人生ではもちろん、曲がりなりにも一国の王女だったアシュリナ時代と照らし合わせてみても、私は交渉に口出しできるような金銭感覚は全く持ってない。この国と、隣国セーヌヴェットの通貨が異なることも、もともと皆無に近い私の金銭感覚を、さらに混乱させている。さっきの紙に書かれた数字を見ても、多いのか少ないのか、さっぱりだった。こんな私が隣にいても、兄様の邪魔になるだけだ。

それに……家族以外の人と話している兄様の姿は、いつもと違っていて何だか落ち着かない。いつも浮かべている笑みは口元から消えているし、声のトーンも低く、優しい緑色の目も今日は酷薄に見える。

だからといって兄様に幻滅するとか、嫌いになるということは絶対にあり得ないのだけど。……やっぱりいつもの兄様の方が好きだなあ、とはつい思ってしまう。まるで兄様が兄様じゃなくなってしまったみたいで、ちょっぴり淋しいとどうしても感じてしまうのだ。

けれど、今の状況でいつもの兄様に戻ってほしいと言うのは、私のわがままだってこともわかっている。善人だと思っていた人が、掌《てのひら》を返したように変貌することを私は身に染みて理解しているから。この状況なら、兄様はこうであるべきだ。

それでも落ち着かないものは落ち着かないので、今の兄様と少しだけ離れられるのは、歓迎すべきことだった。

……このお店には、装飾品もあるみたいだし、父様と母様へのお土産《みやげ》でも見てよっと。

「……あ、この髪飾り、母様に似合いそう。父様は、剣の手入れの道具が良いかな。それとも、馬につける飾りが良いかな」

森で採れたもの以外で、父様と母様への贈り物を考えるのは初めてだ。そう考えると胸が弾《はず》んだ。

そして、父様と母様の喜ぶ顔を想像したら、何だか早く森の我が家に帰りたくなった。

怖い他人がいなくて、兄様がいつものように笑ってくれる。あの小さな世界が恋しい。

……だめだ。だめ。変わるって決めたんだから。せっかく村に連れて来てもらったんだから、ちゃんと他人と少しでも関わって、ちょっとずつでも苦手を克服しないと。

「……本当、心配だよなあ。もう、出発してから結構経つんだろう」

「ああ、病気の妹姫のためとはいえ……シャルル殿下の身にまで何かあったらと、考えるとな。やっぱり殿下自らが出向くことはなかったんじゃないか」

突然扉から入って来た、父様と同じくらいの年代の男性ふたり組に、びくりとする。

「……おや、森の騎士様が来てんのか」

「あの様子じゃ、もう少し時間かかりそうだな。ここで待つか」

男性ふたりは、見慣れない私の顔にちょっと驚いたような顔をしたが、すぐに興味をなくしたように奥を覗いて、店主が兄様と商談中なことを確かめていた。

……ほら、やっぱり。兄様がいなければ、私みたいな平凡な娘に対する反応なんてこんなもんなんだって。兄様の存在に気がついても、連れだとすら思われていないし。

改めて両親と兄様の心配性に呆れつつ、商品もだいたい見てしまったので、なんとなくふたりの会話に耳をすます。

「……話は戻るけどよ。何でわざわざ、王族が自ら交渉に出向かないといけないんだろうな。国境の森を抜ける、庶民じゃ買えないような高価な獣除けの護符が必要だろ？　あの辺りは猛獣がうじゃうじゃいるからな。平気で歩けるのは、それこそ森の騎士様親子くらいなもんだって。……まして、目的地が目的地だろう。妹姫を救うために、シャルル殿下まで命を落としたら意味がないだろうに」

「それが、事前に何度か使者はやったらしいけどな。高慢ちきな聖女が、王族が自ら出向かなければ取引しないと、突っぱねたらしい。……まあ、かと言って殿下が行かれたところで、本当に取引してくれるか怪しいけどな。仮に応じたとしても、ごうつくばりのセーヌヴェットのことだ。代償にどれだけの物を要求してくるか……」

「そもそも聖女の力で、本当に治せるのかも怪しいよな。だって元々あの病は、セーヌヴェットが発祥だろう？　箝口令《かんこうれい》が敷かれちゃいるが、罹患者は年々増加しているって話だぜ。『聖女に守られた国』のはずなのによ」

――セーヌヴェット？　聖女？

聞き覚えがあり過ぎる単語に、口の中がどうしようもなく渇いた。

そして、次の瞬間。うろたえる私の耳に、決定的な単語が飛び込んできた。

「それにしても……げに恐ろしきは『災厄の魔女の呪い』だよな。死してなお、災禍《さいか》を広めているんだから」

「……全く、呪うならセーヌヴェットだけにしてくれって話だよ。うちの国が、何をしたって言うんだ」

さいやくの……まじょ？

『――災厄の魔女を、殺せ！』

意識が、遠くなる。足元が、覚束《おぼつか》ない。

……私？　私が、また、何かしているというの？

死してなお、災禍《さいか》を広める災厄の魔女。

それが、私《アシュリナ》だと言うの？

「――ディアナ。お待たせ」

後ろから抱き締められながら、それとなく耳をふさがれた。

「……いや、ずいぶん買い叩かれて参った。なんとか妥協できる数字までは吊り上げられたけど、これは家に帰ってから、父さんと反省会だな。でも父さんと母さんの土産《みやげ》を買って、ディアナの欲しい物を買っても釣りが出るくらいの額にはできたぞ」

兄様は、笑う。何事もなかったかのように。

いつもの優しい、私が大好きな笑みを浮かべて。

「……兄様、さっき、あの人達が話していたことだけど」

「うん？　何の話だ。……悪いな。ディアナ。俺は商談が終わり次第、ディアナのもとに急いで戻ってくることしか考えてなかったから、何も聞いてなかった」

嘘だと、思った。

もしそうなら、何故今兄様は耳をふさいだんだと、問いただしたかった。

だけど、さっきまで話をしていた男の人達は、もう店主のもとに商談に向かっていて。

先程までの会話を裏付ける証拠は、何もなくて。

「さあ、ディアナ。……父さんと、母さん。それにディアナ自身のお土産《みやげ》を買って、家に帰ろう？　目星はもう、つけてあるんだ。この近くの店なら、比較的安価な値段で全部そろってるから。ディアナはそれを見て、いいか悪いか、意見を聞かせてくれ」

ティムシー兄様のこの言葉に、頷くことしかできなかった。

◆　◆　◆

「――【災厄の魔女】の噂？　俺は長いこと父さんと村に通っているけど、そんな噂は聞いたことはないけどな」

帰りの馬車で、ようやく耳にした噂のことを兄様に話すことができたけれど、兄様はとぼけたままだった。

「もし、そんな魔女がいたとしても……アシュリナのこととは限らないんじゃないか？　災厄の魔女なんてひねりのない名前をつけられてる厄介者は、いくらでも存在するだろう」

「でも……セーヌヴェットの、死してなお災禍《さいか》を広げる魔女、だって……」

「そのことだけどな、ディアナ。……俺は、その言葉自体が、お前の聞き間違いじゃないかと思っているんだ。アシュリナを批難されることを恐れたお前が、全く別の噂をそう思い込んでしまったんじゃないかって」

「っ、聞き間違いなんかじゃ……」

「そう言いきれるのか？　本当に？」

兄様にまっすぐに見据えられ、言葉につまる。

……家族以外の人と関わったのは久しぶりだ。疑心暗鬼に陥《おちい》るあまり、傍で交わされた言葉を変な風に解釈したのだと言われれば、自信がない。

兄様はそんな私に優しく笑いかけながら、ゆっくり首を横に振った。

「ディアナ。俺はお前を責めてるわけじゃない。……前世で負ったお前の傷は、それだけ深かったんだ。俺だって、お前と同じ立場なら、そうなるよ。お前は何も悪くない」

「……」

「でも……やっぱり、早過ぎたんだ。外に出て、傷を克服するには、まだ早過ぎた。お前は、もうしばらくの間は、あの家で家族に愛されて、平凡な幸せを謳歌《おうか》するべきなんだ」

兄様の言葉は、前世の片鱗を見つけて動揺した心に、水のように優しく染みわたった。

「大丈夫……大丈夫だ。ディアナ。森の奥のあの家には、お前を傷つけるものはないから。……お前は何も、苦しむ必要なんかないんだ。お前が望む限り、俺もずっとお前の傍にいる。傍にいて、お前を傷つけようとする奴から、必ずお前を守るから。……だから、無理に外に出て、変わろうとする必要なんかないんだよ」

まるで、洗脳のようだと思った。

兄様は、私に不都合な真実から目をそらさせ、今の状況に甘んじさせようとしている。

仮にも前世では王女として、十六年生きてきた身だ。それくらいはなんとなくわかる。

……でも。

「……うん。そうだね。兄様」

そんな兄様に、私は小さく笑って目を伏せた。

「しばらくは村に行かないで……もう少しだけ、家族に甘えていようかな」

兄様の今の言葉は、洗脳かもしれない。……だけどそれが、私のためだということは明白だった。

大丈夫だと口にした兄様は、どこか悲しそうで、苦しそうで。私を傷つけないように、兄様が嘘をついていることが、ありありと伝わってきた。

その優しさと愛情が……温かくて、うれしい。

『災厄の魔女の呪い』

――もしそれが、アシュリナに関係することならば。いつまでも、目をそらし続けるわけにはいかないだろう。いつかちゃんと、その事実に向き合わなければならないのはわかっている。

だけど……もう、少しだけ。もう少しだけ、この優しい温もりに守られながら、目をつぶっていても、許されるだろうか。

せめて……アシュリナが生きた時間より、ディアナとして生きた時間が長くなるまでの、あと少しの時間だけは。

◆　◆　◆

「お帰りなさい。ディアナ。ティムシー。……ああ、よかったわ！　無事帰ってきた」

家に帰宅するなり、私を抱き締めてキスの雨を降らせる母様に苦笑する。

「大げさだよ。母様。村に行って来ただけなのに」

「いいえ、大げさではありません。あなたは、もう十年も村に行ってなかったんだもの。……ほら、母様にただいまのキスをしてちょうだい」

「……ただいま」

母様の中では、私はいつまでも「おちびさん」のまんまなんだなあ、と苦笑しながら頬にキスを落とすと、父様も父様で、母様の隣で、ただいまのキスを待っていた。

……一応私、もう十六なんだけどな。

そう思いながらも父様にもキスをすると、父様は笑って頭をくしゃくしゃに撫《な》でてくれた。

「じゃあ俺は、馬車を引いてくれたヒースを労《ねぎら》ってくるから」

「……あら。ティムシーは、ただいまのキスをしてくれないの？」

「しないよ。俺を、何歳だと思っているんだよ。……あ、父さん。商談、俺なりに頑張ってみたけど、やっぱり買い叩かれたよ。後で反省会に付き合ってくれ」

「ああ。わかった」

馬小屋に向かって去って行く兄様の背中を見送った後、父様と母様は改めて私に向き直った。

「……それで。村はどうだった？　怖いことは何もなかったか」

「あ……うん。もちろん。嫌なことは何もなかったし、楽しかったよ。父様の言う通り、以前行った時よりも発展してて、少し驚いたけれど」

「そうか。なら、よかった」

……本当に、嫌なことが全くなかったかと言えば嘘になるけど。父様が心配しているような事案でもないし、噂をしていた男の人達が悪いわけでもない。

苦い気持ちをこっそり呑み込んで、笑顔でそう返すと、父様は安堵の息を吐いた後、何かを言い淀《よど》むように視線をさまよわせた。

「その……なんだ？　……ディアナは、やっぱり、村の方がよいと思うか？」

「え？」

「今さらだが……お前が望むのなら……私達は、その……」

「……もう。あなた。はっきりなさい。ディアナが困っているでしょう」

母様が呆れたように父様を諌《いさ》めて、代わりに私に向き直った。

「ディアナとティムシーがいない間に、父様と話し合ったの。……もし、ディアナが望むのなら、この家を出て、もっと村の近くに引っ越そうって」

「え……」

「私達の勝手な感情で、あなたとティムシーもこの小さな世界に留めて来たけれど……あなたも、もう十六歳。お嫁にいってもおかしくはない年頃だわ。あなたの未来を考えたら、ずっとこのままでいるわけにはいかないって、今さらながら思ったのよ」

――奇《く》しくもそれは、私がちょうどティムシー兄様に対して思っていたことと同じ考えだった。

「十六になるまであなたを、家族以外の人間に関わらせなかったのは親である私達よ。だから、あなたがここを出て、広い世界を知りたいと言うのなら、私達が責任を持ってその道を切り開くわ。いつかあなたが、一生連れ添いたいと思える、大切な人ができる日まではね」

「森を出れば狩人で生計を立てるのは難しくなるだろうが、心配はしなくていい。……お前の父様はこう見えて、お前が思っているより器用でいろいろできるんだ。家族を養うくらいは、なんとしても稼いでみせるさ。だから、ディアナ。遠慮なく……」

「ちょ、ちょっと待ってよ。母様、父様」

話がどんどん望まぬ方向に進むので、慌てて口を挟む。

「私、森を出たいなんて、ちっとも思ってないよ。森の奥の、この家が大好きなの。だから、引っ越すなんて、言わないで」

兄様が、安心して家を出られるように、他人に怯《おび》える気持ちを克服しないといけないと思っていた。

でも……改めて考えれば、甘えていて恥ずかしい話だけど……私自身がこの家を出ることを、今までちっとも考えていなかったことに、今、気がついた。

物心ついた時にはもうこの家にいた。ずっとこの家こそが、私の居場所だった。

外の世界に関わるにしても、私にとって拠点となるのはあくまでこの家。これからもずっと、必要な時以外は極力他人と関わらないで、この森の奥で父様と母様と一緒に生きていくんだって思ってた。

私は多分、結婚なんてとてもできないから……孫の顔をみせるのは兄様に任せて、私は私ができる親孝行を精一杯しようって。いつか、父様と母様が年を取って体の自由がきかなくなっても、ふたりを支えられる人間になろうって。……それだけしか考えていなかったのに。

「ディアナは……森を出て、村に住みたくなったんじゃなかったのか？」

驚いたように目を見開く父様に、あわてて首を横に振る。

「外の世界を見てみたくなっただけだよ。でも、私の生きていく場所は、森のこの家だって改めて思った。……いつか兄様が、家を出る時に迷惑をかけたくないから、これからも必要な時は極力村に出向こうとは思っているけど」

「……引っ越したいわけじゃないの？」

「父様と母様がそう望むのなら、反対しないけど……私は、この森の家が好きだよ。できれば、離れたくないって思っている」

私の言葉に母様は複雑そうな顔をしたが、父様はぱあっと顔を輝かせた。

「……そうか、ディアナは、この家にいてくれるのか！　この家にいたいと思ってくれているのか！」

「……でも、あなた。ディアナも、もう年頃よ。将来結婚することを考えたら、やっぱり村の近くに引っ越した方が……」

「結婚なんて、しないといけないものでもないだろう？　それにほら、お互いが良ければ、ティムシーと結婚するという方法だってあるじゃないか！」

……どうして、ここでティムシー兄様の名前が出るの？

ポカンと呆気にとられる私を前に、母様がまなじりを吊り上げた。

「……あなたっ、いきなり何を言い出すの！　ディアナが混乱しているじゃないっ」

「いいじゃないか。ディアナもそろそろ知っていていい年頃だ」

「でも……」

「こんなこと、こういう機会じゃなければなかなか言えないだろう？　ティムシーが自分から話すとも思えないし。……ディアナ。落ち着いて、聞いてほしい」

続けて父様の口から出た言葉は、私にとってあまりに衝撃的なものだった。

「――お前と、ティムシーは、本当の兄妹ではないんだ」

……兄様が、本当の私の兄ではない？

肌が、ざわりと粟立《あわだ》った。

「……それは、どういう、意味なの……」

「ティムシーは、本当は私の弟の息子なんだ。産後の肥立ちが悪くて、ティムシーを産んだ直後に実の母親が亡くなり、ローラが母親代わりとして世話をしていたんだが……故あって、その後、本当の父親である弟も亡くなってな。兄である私が、ティムシーを正式に息子として引き取ることにしたんだ。……だから厳密には、ティムシーはお前にとって従兄弟《いとこ》ということになるな」

――弟の、息子。

どこかで、聞いたことがある話。……でも、それはきっとたまたまだ。そうに、決まっている。

「だから、ディアナ。お前とティムシーは、結婚しても何も問題ないんだ！　だから、な。この先も安心して、家に……」

「――あなた！　いい加減にして！」

意気揚々と、私と兄様の結婚を勧める父様の言葉を、母様がさえぎった。

「ディアナが震えているのが見えないの!?」

母様の言葉を聞いて初めて、自分の体が震えていることに気がついた。母様はうろたえる私の体を、優しく抱き締めてくれた。

「……ティムシーが、本当の兄弟じゃないと聞いて、動揺してるのね。……でも、大丈夫よ。何も怯《おび》えることはないの。多少血の繋がりが薄かったとしても……ティムシーが、あなたに向ける愛情は本物だからね」

「……母、様……」

「怖がることは、何もないのよ……。ティムシーは、決してあなたを傷つけるようなことはしないわ。安心して、今まで通り、ティムシーを兄として慕っていればいいの。……私達は決して、あなたを無理やりティムシーに嫁がせたりなんてしないわ。だから、心配しないで」

……違う。違うよ、母様。

私はティムシー兄様が、本当の兄じゃないと知って動揺しているわけじゃないの。

たとえ、ティムシー兄様が従兄弟《いとこ》であっても……私にとって、ティムシー兄様が大事な存在なことには変わりはないから。

私は……私は、ただ……。ティムシー兄様が、もしかしたら……

「――さーて、父さん。反省会を始めるぞ。俺が買い叩かれた経緯を詳しく話すから、遠慮なく悪かった点を指摘してくれ。俺としては、少なくともあと二割は値を吊り上げられたと思っているんだがな」

馬小屋から戻って来た兄様の言葉が、その場の空気を引き戻した。

「……ティムシー、兄様」

「うん？　なんか変な空気だな。……父さん。ディアナに変なこと言ってないだろうな」

「いや……私は……」

「ディアナは、な。十年も村を訪れてないにもかかわらず、頑張って知らない環境に溶け込もうとしたんだぞ。……至らないところがあっても、あまり責めないでくれよ」

話を聞いていなかった兄様の言葉は見当違いのものだったけど、妻と息子に責められ、父様は大きな体を縮めて私に頭を下げた。

「……すまない。ディアナ。私はお前に、望まない未来を押しつけるつもりは……」

「ううん……いいの。父様は、悪くないもの」

父様は、ただ、ここでの生活が好きで、娘である私も、これからもずっと共にここで暮らしてくれればと、望んでいるだけなのだ。その際、私がティムシー兄様と結婚すれば、息子も手放さずに済むから、一番いいと思ったんだろう。

父様を責める気持ちは、ない。私だって、この小さな優しい世界が大好きだし、この世界がずっと続けばいいのに、とは思う。

……でも。

「……私も少し、ヒースの様子を見てくるね」

「ディアナ……」

「変な風に思わないで、父様。ヒースは重い馬車を一日引いてくれたから、改めてお礼を言わなきゃと思ってるだけなの」

それだけ言い残すと、私は母様の腕の中から出て、馬小屋へ向かった。


「……ヒース。改めて、今日はありがとうね」

首元を抱き締めて、頬ずりしながら感謝の言葉を告げると、ヒースは誇らしげにヒヒンと鳴いた。

続いて隣から、不満げに鼻を鳴らす音が聞こえたので、笑って父様の馬であるエルの首元も抱き締める。

「エルも、お留守番ありがとうね。父様と母様を、ちゃんと見守ってくれていたんでしょう？」

当然だと言うようにいななくエルの鼻先を撫《な》で、そっと体を離す。

……この子達に、今の話を聞かせるわけにはいかないよね。

小さくため息を吐いた時、馬小屋の扉が開いた。

「……エルにまで礼を言うあたり、本当ディアナは律儀だよな」

「……兄様」

兄様はそのまま私の隣まで足を進めて、労るようにエルの頬を撫《な》でた。

「父さんが馬鹿なこと言ったのを、気にしてるのか？」

「……母様から聞いたの？」

「いいや。あえてすっとぼけてみせたけど、父さんの声はでかいから廊下にも丸聞こえだったよ」

はにかむように笑う兄様に、胸の奥がつきんと痛んだ。

「兄様はその……知っていたの？」

「最初から、知ってたよ。本当の父親が死んだのは、俺が四歳の頃だからな。……おぼろげだけど、記憶はあるよ」

遠くを見ながら兄様はそう言って、私の頭をくしゃりと撫《な》でた。

「心配するな、ディアナ。多少血の繋がりが薄かったとしても……俺は、お前の兄貴だよ。お前が望む限りは、ずっとただの兄貴でいてやるから」

……私が、望む限り……？

「私が……望まなかったら？」

「うん？」

「私が望まなかったら……兄様は、私の兄様じゃなくなっちゃうの？」

私の問いかけに、兄様は笑った。――私が初めて見る「男の人」の笑みだった。

「さあ。……どうだろうな」

どくん、と心臓が跳ねた。

「まあ、何にせよ。……お前が嫌がることは、俺はしないよ。それだけは安心していい」

「ティムシー兄様……」

「さて。兄としての弁明はしたし、俺は先に戻るな。……混乱する気持ちはわかるけど、あまりここに長居するなよ。父さんが罪悪感で死にそうになっているから。早めに戻って、大丈夫なことを改めて伝えてやってくれ」

それだけ言うと、兄様はさっさと行ってしまった。

馬小屋に残された私は、その場に立ちすくみながらひとり考える。

兄様と結婚なんて、当たり前だけど今まで考えたことはなかった。でも……嫌かと聞かれたら、そうでもない。

兄様は優しいし……私にとっては数少ない、「怖くない」人だ。私の最大の秘密も、とっくの昔に知っている。結婚なんてできるとはとても思えない私にとって、兄様は兄妹という枷《かせ》さえなければ、唯一結婚できる相手と言っても良いのかもしれない。

目をつぶって、想像してみる。兄様と結婚した未来を。この小さな世界の中で、父様と母様から娘として愛されたまま、兄様の子どもを産んで、皆で育《はぐく》む様を。必要以上に他人と関わることがないまま、この閉ざされた世界の中で生きて、年を取り、「ディアナ」としての生涯を終える将来を。

――それは、きっとすごく幸せな未来で。

だからこそ、泣きたくなった。

そんな未来、私は望んじゃいけない……望む資格なんてないんだ。

だって私は、もしかしたら――

結局その後、私はしばらく家に戻れなくて。

泣きそうな顔で謝罪にやってきた父様の登場で、ようやく気持ちを切り替えることができた。

第二章　出会いと変化

『……アシュリナ様。アシュリナ様。申し訳、ありません……』

襲撃者に致命傷を負わされたアルバートが、瀕死の状態で、私に謝罪の言葉を述べた。

『私が、兄のように強ければ……あなたを守ることができたのに』

あなたは悪くないと叫びたかった。今すぐ、「力」を使って、彼の傷を癒したかった。

だけど猿ぐつわで口をふさがれ、「力」を使えないように聖女特製の手錠で拘束された私は、死に行く彼に何もしてあげられなかった。

『ああ――【　　】』

事切れる寸前、彼は最期に息子の名前を呼んだ。

何度も何度も聞いたはずなのに、どうしてかその名を思い出せない。

……思い出せないのではなく、ただ忘れていたいのかもしれない。

だって、私は彼の兄の姿も名前も、思い出せないのだ。国一番の勇志として、名を轟《とどろ》かせていたのに。

――ごめんなさい。

ごめんなさい。ごめんなさい。アルバート。

あなたは、私を守るために死んだのに。私のせいで死んだのに。

身勝手な私は……あなたのことを、これ以上思い出すことが、怖い。

思い出した瞬間、この幸せな世界が終わってしまうことを、本当はわかっているから。


目を醒《さ》ました時、泣いていた。

起きた瞬間に忘れてしまったから、どんな夢を見ていたかわからない。

だけど、夢で抱いた感情だけは、今も色濃く胸に残っている。

悲しい。苦しい。ごめんなさい。

私のせいで。私がいなければ。

——それに、何より。

「……ティムシー、兄様」

何故かどうしようもなく、兄様に会いたくて。会って、「大丈夫」だよ、と抱き締めてほしくて。

私は部屋から出て、兄様を探しに階段を降りた。

「おはよう。ディアナ。昨日はよく眠れた？」

すでに朝ごはんの支度を終え、片付け作業に入っている母様の姿にハッとする。

「っ、ごめんなさい、母様。私、寝坊……」

「は、してないから安心なさい。いつも通りの時間よ。今日は父様とティムシーが、朝早く剣の稽《けい》古《こ》に行くって言っていたから、早く起きたの」

「……言ってくれれば、私も早く起きて、朝ごはん作りを手伝ったのに」

「昨日はあなた、言えるような状態でもなかったでしょう。それにディアナはいつも手伝ってくれているんだから、たまには休んでもいいのよ。……はい、お茶」

お茶の用意までしてくれて、完全に至れり尽くせりだ。申し訳ないやら、ありがたいやらで落ち着かない。

「……ありがとう。母様」

温かいお茶を、息を吹きかけて冷ましながら、一口すする。さわやかなハーブの香りが、悪夢でざわめいていた心を落ち着かせてくれた。

「せっかくだから、私も今から朝ごはんにするわ」

ふたり分の温かいスープと、表面を焼き直したパンを運びながら、母様は笑う。

そして私の向かいに腰を下ろして、朝ごはんを食べ始めた。

「たまにはディアナと女ふたりでごはんもいいものね」

「……うん。そうだね。母様、今日のスープ、一昨日収穫したキミヤルが入ってるね。美味しい」

「やっぱり今年のキミヤルは良い出来よね。買い叩かれてなお、例年よりは高値だったみたいだし。来年もこうだと良いのだけど」

母様とふたりで雑談しているうちに、どうしても兄様に会いたいという気持ちは、段々落ち着いていった。

……どうして、あんなに甘えた気持ちになってたんだろう。兄様がいたら、あのまま泣きながら抱きついていたかもしれない。逆にいなくてよかったのかも。

そんなことを考えながらスープをすすっていると、突然母様が黙り込んだ。

「……母様？」

「……あのね、ディアナ。昨日のことだけどね」

「……うん」

「あまり、気にしないでちょうだいね。そりゃあ、私達はティムシーもディアナも可愛いから、このまま結婚してふたりとも家にいてくれれば、って思うけど。……私も父様も、一番大事なのはあなた達の気持ちだと思っているのよ。ずっと兄妹として育ったんだもの……最初から本当の妹じゃないことを知っていたティムシーならともかく、ディアナがティムシーを異性として見るのは難しいって、ちゃんとわかっているから」

……別に兄様と結婚すること自体は、嫌だとかそういうわけじゃないんだけどな。

なんとも言えずにいる私を見て、母様は自嘲するように笑いながら目を伏せた。

「……父様と母様の結婚もね。それぞれの両親にとって、決して望ましいものではなかったの」

「え……？」

「母様の親は、母様が未婚のまま、仕事を続けることを望んでいたし、父様の両親は、父様がもっと上を目指すのに都合が良い、有力貴族の娘さんと結婚してほしがっていたの。……だけど、お互い、出会ってすぐに惹かれあって……それぞれの家の反対を押し切って結婚したのよ。だから私達が、あなた達の結婚を強制する道理はないわ」

それは、母様が初めて語る、過去だった。

「……父様と母様は、どうやって出会ったの？」

私の問いかけに、母様は一瞬ハッとしたような顔をして、取《と》り繕《つくろ》うように笑って首を横に振った。

「……どうだったかしらね。昔過ぎて、忘れちゃったわ」

「……」

「とにかく……私達は、あなた達に結婚を強制するつもりはないってことを、覚えておいて。あなたは私達に気兼ねをせずに、あなたが選んだ道を好きに生きて。私と父様は、あなた達がどんな道を選んでも、応援するわ」

「……母様」

それだけ言うと、母様は食べ終わった食器を持って、奥へ行ってしまった。

「あ、ディアナ。片付けは私がするから、護符を持って森に出て、アッナの実を取って来てくれない？　久しぶりに一緒にジャムを作りましょう。ちょうど西の木の辺りが、美味しそうに熟していたから」

すっかり過去の話題を秘匿《ひとく》してしまった母様に、私はただ頷くしかなかった。

◆　◆　◆

「……母様の言う通り、アッナの実が食べごろだ」

口の中に広がる甘酸っぱい果汁を味わいながら、残った種をぷっと吹き出す。

お腹いっぱいになるまで食べても取りきれないくらい、たわわに実ったアッナの実を籠《かご》に摘《つ》み取りながら、夢のことと先程の母様との会話に思いを馳《は》せる。

「本当は……そろそろ父様と母様の過去も、知らないといけない時が来ている気がするんだけど」

私は父様と母様が、隣国から来たという話しか知らない。それすらも、兄様から教えられた事実で、ふたりは私には過去について何も語ってくれないのだ。……ふたりの過去に向き合いたくても、話をしてくれないものは、どうしようもない。

ため息を吐いた瞬間、少し先の茂みで、何かが倒れ込むような音と共に、鳥が一斉に飛び上がった。

「な、何？　何があったの？」

朽ちた木が倒れたのだろうか？　それとも……傷ついた獣でも、森の奥から現れた？

もし後者の場合、獣に致命傷を負わせた何かが近づいているかもしれない。父様や兄様なら良いけれど——もし、凶暴な獣や、森を荒らしている知らない人間だったら。

どくん、と心臓が跳ねた。口の中が渇く。もう十年以上森に通っているけど、こんな状況にひとりで出くわすのは初めてだった。

「……確かめ、ないと」

母様手製の獣除けの護符を握り締めながら、恐る恐る物音の方に近づく。

……襲ってきそうな獣や、恐そうな人間だったら、すぐに逃げないと。

物音がしないように、そっと茂みの陰から向こうを覗く。

「……人が、倒れている？」

茂みの向こうには、波打つ金色の髪をひとつに結《ゆ》った、美しい青年が倒れていた。

何故、彼はこんな森の奥で倒れているのだろう。見たところ服装も立派だし……彼のような人が、供もつけずにこんなところにひとりでいること自体、違和感がある。

森の奥を探索しているうちに疲れて……昼寝しているだけ、なんてことはないよね。

すぐに駆け寄るのもためらわれ、二の足を踏んでいると、すぐ近くで馬がいななく声が聞こえた。

「もしかして、ヒース……って、わわわわ」

父様と共に朝森を出た兄様が、ヒースを連れて近くにいるんだろうか。ほのかにそんな期待が芽生《めば》える。けれど駆け寄って来て、茂みから顔を出して私の服を口で引っ張ったのは、全く知らない白い馬だった。

「……この人の馬？　付いて来いと言っているの？」

白馬に促されるがままに、茂みを抜けて、倒れている人の傍に恐る恐る近づく。

すぐ近くまで寄って初めて、事態が私が思うよりも深刻なことに気がついた。

「……血がっ」

うつ伏せの状態でマントに隠れていたため、遠目にはわからなかったが、青年の腹の下では血が水溜まりのようになっていた。あわてて青年の体を仰向《あおむ》けにして、持っていた上着で、剣で切られたらしき傷跡を縛《しば》り、止血する。

「大丈夫ですか⁉　意識はありますか⁉」

声をかけても、青年はただ小さくうなるばかりで、ろくな返答はない。

……血はどれほど体内からなくなれば、死に至るのだったろうか。

ふと見ると、彼がここに至るまでに通ったらしき道筋にも、点々と血がこぼれているのが見えた。彼を運んだと思われる白馬の背中も、改めて見ると血で真っ赤に染まっている。

事態が一刻を争うのは、明らかだった。

「……力を、力を使わないと。彼は、助からない……」

手をかざして、「癒しの力」を発動させようとして、はたと動きが止まる。

確かに彼は、重篤《じゅうとく》な患者だ。——でも、家族じゃない。私の力の存在を知ったら、変貌するかもしれない、他人だ。

彼のために力を行使することは、兄様との約束を破ることになる。……それなのに、本当に力を使って良いのだろうか。

迷いは、一瞬。目をつぶって開いた時には、覚悟は決まっていた。

「それでも……私は、目の前で死んでいく人を見殺しになんて、できない」

——たとえ、回復したこの人から、魔女と蔑《さげす》まれたとしても。

私は大きく深呼吸して、「アシュリナ」だった頃のように、「癒しの力」を発動させた。

兄様から止められて以来、「ディアナ」として癒しの力を使ったことはない。けれど、倒れている青年に手をかざしたとたん、まるで待ち望んでいたように、自分の中にあった癒しの力が、自然

と流れて行くのを感じた。

……この感覚を、私は確かに知っている。

ディアナの時に、何度も経験した感覚だ。

力が青年の中に行き渡った途端、脳が勝手に彼の状態を分析しだした。

……大量出血に、一部の内臓の破損。馬から落ちた衝撃のせいか、ほかに要因があったかはわからないが、骨もいくつか折れていて、神経に著《いちじる》しい被害を及ぼしている部位がある。

彼の体内で起こっている症状をひとつひとつ検分し、優先順位をつけながら、症状を治していく。

……まずは、傷口を塞いで、血液の増加をする。続いて内臓の修復。神経と骨の修復は、最後でいい。

——私の力を全て使ってでも、必ず、彼を助ける。


全ての傷ついた部位を治し終えた頃には、日が暮れかけていた。

……とりあえず、これでもう、ほとんど健康な状態に近いはず。

知らず知らずのうちに流れていた額の汗を拭った時、青年の金色の睫毛《まつげ》が揺れた。

「……君、は……」

金色の睫毛《まつげ》の下から現れたのは、空のように青い、澄んだ瞳だった。

「……大丈夫ですか？　調子は良くなりましたか？」

「……ああ。もう全く、痛みがない……君が治してくれたのか？」

青年の問いかけに、ハッとする。いくら治療をしたからって……この短時間で傷口も残らないほど、治っているのは明らかに異常だ。

幸い、治療中に青年の意識はなかった。ここはなんとしても誤魔化《ごまか》さないと。

「……それが、私が駆けつけた時には、すでに治療が……」

「……君が治してくれたんだね。言葉は返せなかったけど、ずっと君の声が遠くから聞こえていたよ。ありがとう」

「……」

……すでに確信しているなら、わざわざ私が治したかなんて聞かないでほしかった。

思わず遠くを見る私の手を、不意に青年が握った。

「っ！」

「ああ……我が、ルシトリア王国の聖女よ。本当にあなたが存在したとは」

……聖女？　私が？

とまどう私を見上げながら、青年はその青の双眸《そうぼう》から、涙をこぼした。

「予言を信じ、命を危険にさらしてでもセーヌヴェットに足を運んだかいがあった。……聖女様。どうか我が妹を……そして妹と同じ病に苦しむ民を、あなたのお力でお救いください。あなただけが、我が国の希望なのです」

すがるように両手で私の手を握りしめて、青年は深々と頭を下げたが、あまりに突然の懇願に、上手く言葉が出て来ない。

「わ、私は聖女なんかじゃ……」

「いいえ、間違いありません。間違いなく、あなたこそ、聖女。この国の、救世主だ……」

辛うじて口にできた否定の言葉も、即座に否定された。

「……さあ、聖女様。どうか、我が城にいらしてください。時は一刻を争います。どうか、お願いします。妹のために、あなた様のその力をっ……」

「ま、待ってください！　わた、私は、私は……」

そのまま手を引かれ、白馬に乗せられそうになり、必死で首を横に振る。

全く状況を呑み込めていないのに、父様や母様への断りもなく、知らない人についていくなんてできるはずがない。

しかし、興奮気味の青年の耳に、私の言葉は届いていないようだった。手を握る青年の力は強く、私程度の力じゃとても振りほどけそうにない。

それに何より……意識を取り戻し、「他人」としての自我を露《あら》わにした青年が、私は怖くて仕方なくて体が強ばり、抵抗できなかった。

……この人は、私をどうしようと言うのだろう。

何を企んで、私を利用しようとしているのだろう。

こわい。こわいよ。

たすけて。たすけて。

「たすけて……ティムシー兄様」

「──おーい。ディアナ。いるか？　帰りが遅いから、母さんに頼まれて迎えに来たぞ」

届かないとわかっていながら思わずそう呟いた瞬間、近くの茂みが揺れ、待ち望んでいた兄様の姿が現れた。まるで、私の祈りが、天に届いたかのようなタイミングだった。

「あ、ディアナ。よかった。ここにいたんだな……っ!!」

私と目があった瞬間優しい笑みを浮かべた兄様は、隣にいる青年の姿を目に留めた途端、絶対零度の表情で剣を抜いた。

「──ディアナから手を離せ、下郎《げろう》」

ためらいなく青年の腕に向かって振り下ろされた兄様の剣を、青年は瞬時に私の手を離すことで、避けた。

その瞬間兄様は、解放された私の手を引き、青年に剣を向けたまま、私を自身の背中に隠した。

「……俺の妹に、何をしようとしていた」

「妹……？　ああ、あなたは、聖女様の兄君なのか」

「ふざけた呼称で、ディアナを呼ぶな……っ！　貴様は何者だ……っ」

激昂《げきこう》する兄様を前にして、興奮が醒《さ》めたのか。青年はあわてて身なりを正し、礼を取った。

「……私としたことが。待望の聖女様を見つけたことに興奮して、自己紹介すらせずに、手荒な真似をするところだった。……無礼をお許しください。聖女様」

「……」

「申し遅れました。私の名前は、シャルル・ド・ルシトリア。──この国の、第三王子です」

◆　◆　◆

「……ただいま」

「――ディアナ！　よかった。無事だったのね」

家の扉を開くなり、泣き腫《は》らした顔の母様が駆け寄って来て、私を強く抱き締めた。

「あなたに、何事もなくてよかった……。何かの間違いで、護符の作成に失敗していて、凶暴な獣に襲われていたらと思ったら、生きた心地がしなかったわ。……いくらディアナが森に慣れているからって、ひとりで木の実を取りになんて、行かせるべきじゃなかったわね。次からは、母様も一緒に森に行くことにするわ。ディアナに何かあってからでは、遅いもの」

「……ごめんなさい、母様。その……」

「ああ、そうそう。ディアナ。ティムシーには会ったかしら？　あなたがあんまり遅いものだから迎えに行ってもらったけど……万が一すれ違っていたら、心配だわ。あの子は確かに強いけれど、日が暮れた森の中では、夜目がきかないもの。ああ、どうしましょう。やっぱり父様にティムシーを迎えに……」

「――俺なら、ここにいるよ。母さん」

すっかり取り乱して私しか見えていなかった母様は、そこで初めて顔を上げて、私の後ろにいた兄様達を見た。

「……よけいな、おまけもひとりいるけどな」

「初めまして。聖女様の母君。この国の第三王子のシャルルと申します。……よろしければ、今夜一晩宿を貸していただけないでしょうか？　もちろん、相応のお礼はいたします」

血まみれの服を着て、さわやかに微笑むシャルル王子の姿に、母様の顔から血の気が引いた。


「――ああ、美味しい！　聖女様の母君のご飯は、本当に美味しいです。素材の味が、完全に生かされてる」

「……そうですか。王宮のご馳走とはほど遠い食卓ですが、殿下のお口にあったなら、幸いです」

その晩の夕食は、ひどく落ち着かないものとなった。

時折引きつった愛想笑いを浮かべながらも、ずっと沈み込んでいる母様と、敵意を露《あら》わにシャルル王子を睨み続けている兄様。父様に至っては、ただただ険《けわ》しい表情を浮かべるばかりで、ほとんど何も話していない。

明らかに歓迎されていない空気にもかかわらず、王子は気にする様子も見せず、にこにこと食事を口に運んでいる。

「――その聖女様というのは、ディアナのことですか」

ようやく重い口を開いた父様に、シャルル王子は微笑んだ。

「ええ、そうです。――私は、ディアナ様に、先程命を救われたのです」

握っていたスプーンがこぼれ落ち、音を立てて床に転がった。

「……聖女様？」

私がシャルル王子にしたことを知ったら、父君と母君はどう思うだろう。そう考えたら、体が動かなくなった。

王子の呼びかけにも応えられずに固まる私の代わりに、兄様は黙って転がったスプーンを拾い、棚から新しいスプーンを出して私に持って来てくれた。

「……あ……ありがとう、兄様……」

「ディアナ。……こうなったからには、覚悟を決めろ」

「っ」

渡されたスプーンを再び取り落としそうになるのを、兄様は私の手ごとスプーンを握り締めることで止めた。

「不本意な展開ではあるが……打ち明けるには、ちょうどいい機会かもしれない。お前だって、このまま一生父さん達に秘密を抱えたままでいるのは、辛いだろう？」

「で、でも……」

「父さんと、母さんなら、大丈夫。必ず受け入れてくれるさ。もし何かあったとしても……お前には、俺がいる。何があったとしても、必ず俺がお前を支えるから」

兄様の言葉に、ためらってから頷く。兄様はかすかに笑って、私の手の中のスプーンをテーブルの食器の上においてから、優しく頭を撫《な》でてくれた。

「……事情はよくわかりませんが、聖女様と兄君は、とても仲が良いご兄妹のようですね」

そんな私達の様子を見て、シャルル王子は目を細めた。

「特に兄君は、聖女様のことが可愛くて仕方がないようだ。私も妹がいるので、そのお気持ちはとてもよくわかりますよ。——もっともその妹は、今は病に臥《ふ》して、まともに話もできない状態ですが」

痛みに耐えるように目を伏せながら告げられた王子の言葉に、ずきんと胸が痛んだ。

……そうだ。もし、あの噂が本当ならば——

「——あなたの妹君の話なら、私も聞いたことがあります」

私が話す前に、父様が口を挟んだ。

「シャルル王子。あなたがディアナに命を救われた件も含めて、詳しく事情をお聞かせ願えませんか？ ……ああ、でもその前に」

父様の緑色の瞳が、見定めるようにシャルル王子に向けられた。

「——あなたが本当に、シャルル王子かどうか確認させていただけないでしょうか。あいにく私達は、このような辺境に住んでいるもので、王族の顔をろくに知りません。素性《すじょう》の怪しい相手の言葉は、到底信じられませんので、申し訳ありませんが、先に証拠を見せてください」

父様の言葉に、ハッとする。……そうか。彼の言葉をそのまま鵜呑《うの》みにしていたけれど、本当に彼が王子であるとは限らないんだ。

シャルル王子と名乗った青年は、焦る様子もなく、にこりと笑った。

「父君のお疑いはもっともです。……そうですね。証拠はいくつかの所持品で示せますが、父君にとってわかりやすい品はこちらですかね」

食卓にあげるには、あまりふさわしい品ではありませんが、と前置きして、彼は懐《ふところ》から鞘《さや》に収められた小剣を取り出した。

「ルシトリア王家の紋章が入った、小剣です。私は第三王子なので、剣自体は大したものではありません。しかし王家の紋章が入った品の所持が許されているのは王族のみ。故にこれで十分な証拠になると思いますが」

「……刃を、見ても？」

「どうぞ、お好きに」

父様は鞘《さや》から抜いた剣の刃をまじまじと眺めた後、大きくため息を吐いて剣を鞘《さや》に戻した。

「……間違いなく、王家のもののようだ」

「紋章ではなく、刃を見て断言されるのですね」

「……紋章は、いくらでも似せて偽《いつわ》ることはできますが、刃には作成した職人の癖が出ます。そして、ルシトリア王家に剣を納めることができる一族は、慣例に則《のっと》り定められている。――この剣は、間違いなくルシトリア王家直属の剣職人一族、ハプシュート家によるもの。この小剣を持っている時点で、あなたの立場は、もはや疑いようがありません」

父様の返答に、シャルル王子は目を細めた。

「さすがですね。父君。――セーヌヴェットの名剣【黎明《れいめい》】を、息子さんに与えているだけあって、剣にお詳しい」

「っ」

シャルル王子の指摘に、父様は顔を強ばらせた。

「……【黎明《れいめい》】？」

「セーヌヴェットの、とある剣の名家に伝わる兄弟剣のひとつですよ、聖女様。もっともそちらは、同じ剣の名家でも、作り手であるハプシュートと違い、使い手の一族でありますが。兄弟剣【勇猛】は、一族の後継者となる長兄に。【黎明《れいめい》】は、その弟に授けられたと聞いておりましたが。……まさか、巡り巡って聖女様の兄君が、持ってらっしゃったとは」

「――シャルル王子。小剣をお返しします」

鞘《さや》に収めた小剣を突きつけることで、父様はシャルル王子の言葉を遮った。

「……あなたの素性《すじょう》が明らかになった今、もはやそのような雑談は不要。本題に入りましょう」

「……そうですね。その方が良さそうだ」

明らかに怒気を孕《はら》んだ父様の姿に苦笑しながら、王子は話を続けた。

「噂はご存じかとは思いますが。……私は、妹の不治の病を聖女ユーリアに治療してもらうため、単身でセーヌヴェットに渡りました。今は、その帰りです」

「……単身で？　供も、つけずにですか？」

「それが、交渉の席を設けてもらうための条件でしたから」

仮にも一国の王子が、護衛もつけずに単身で他国に行くなどあまりに危険な行為に思えた。

しかもルシトリアとセーヌヴェットの間には、この森があるのだ。道中何がきっかけで命を落とすかわからない。それなのに、この人はなんて無謀なことを……

「まあ、私は第三王子ですからね。王位後継者として長兄が、長兄に何かあった時には次兄がいるので、重要度は低いのです。妾腹《しょうふく》も含めれば、弟妹はたくさんおりますし」

「……それにしたって、直系の王族であることに違いはないでしょう。よくも、現王陛下がお許しになったものだ」

「それはですね、父君。――予言があったからですよ」

予言。……そう言えば、傷を癒した時に、そんな話をしていた。

「ルシトリア王室には、専属の予言者がいるのです。ルシトリア王家に関わる、未来を見通すことができる異能者が。――もっとも予言は必ず的中するものの、いつ未来視が降ってくるかはわからず、必ず望んだ未来を見られるとは限らないのですが」

「未来視……」

シャルル王子は、皮肉気な笑みを浮かべながら、話を続けた。

「正直に言えば、我が国は、隣国であるセーヌヴェットをあまり信用しておりません。……嫌っていると、言ってもいい。聖女ユーリアが、王族が単身で他国に渡るという無理難題を押しつけることで、妹の治癒の頼みをかわそうとしているのは明らかでしたし、そもそも妹の病の原因は、セーヌヴェットにあるとも言われている。もしも聖女の力が本物だったとしても、その代償としてどれほど請求されるかと、父上は懸念しておりました。狡猾《こうかつ》なセーヌヴェット国王のことだ。油断すれば、そこにつけ込まれ、国ごと乗っ取られる可能性もある。……正直に言えば、王家はほとんど、妹のことを諦めていたのです。非情ですが……数多《あまた》の民の命を背負う王族としては、身内のために、国を危険にさらすわけにはいきません」

そんな時――予言者が「見た」のだという。

「彼は言いました。『シャルル王子がセーヌヴェットに単身で赴《おもむ》けば、必ず死の淵《ふち》に立たされることになります』――『しかし、その代償として、ルシトリアは姫様の病を癒すことのできる、真なる聖女を得ることができます』と」

……だから、シャルル王子は目を醒《さ》ましたとたん、私を「聖女様」なんて、呼んだのか。

納得する私と裏腹に、父様は険《けわ》しい表情をしていた。

「……ちょっと待ってください。その予言では、シャルル王子の安全は……」

父様の言葉に、私は、ようやく予言の穴に気がついた。

予言では、「シャルル王子は、必ず死の淵《ふち》に立たされる」と言われていた。だが――「死の淵《ふち》に立たされた王子は、聖女によって『救われる』」とは、決して言っていない。

シャルル王子が亡くなったことで、聖女が現れたという展開になる可能性もあったのだ。

「……聖女様の父君のご指摘と同じことを、母も懸念していました。『娘が助かる代わりに、息子の命を失っては意味がない』と」

父様の指摘にうろたえることなく、シャルル王子は目を細めた。

「……しかし、妹の病の治癒は、あの娘だけの問題ではありません。同じ病に苦しむ国民は、報告があっただけでもかなりの数になります。――私ひとりの犠牲で、病に苦しむ人々を救う聖女を得ることができるなら、その行為には十分意味がある。……それが父である現王と、私自身が出した結論でした」

シャルル王子が口にした、彼の覚悟の深さに、思わず息を呑んだ。

――この人は……自らの身を犠牲にしてでも、民を救いたいと決意したのだ。

アシュリナだった私は……はたして、そこまで深く民のことを、思えていただろうか。

そう考えると、胸の奥がずきりと痛んだ。

あの頃の私は……ただ民を救いたい、そればかりで。民のために力を使えば使うほど、ルイス王に目の敵《かたき》にされることは理解していたが、その先は……あまり考えていなかった気がする。

「しかし――私は、今、こうして無事に生きております。……聖女様が、私を助けてくださったおかげで」

私がかつての自身の未熟さに落ち込んでいるうちに、シャルル王子の話は核心に迫っていた。

「私が単身でセーヌヴェットに出向いてなお、聖女ユーリアは自らの健康上の問題を理由に、面会を拒絶しました。――そして、その帰り道。このマーナアルハの森の入口で、私は賊に襲われたのです。……セーヌヴェットの騎士とよく似た得物を扱う、どこか気品さえ感じる賊に」

「それは……間違いなく、セーヌヴェットの……否《いな》、聖女ユーリアの手のものでしょうね」

父様は嘲笑《ちょうしょう》を浮かべながら、吐き捨てた。

「自らの力が及ばぬ病があることを露見させないために、隣国の王族まで手に掛けようとは。……あの浅はかで傲慢《ごうまん》な女が、やりそうなことだ。その愚かさが、自らを破滅に追いやる可能性には、思いが至らぬのだろう」

「……父君は、セーヌヴェットの聖女がお嫌いなのですね」

「この国の者で、あの女が好きな者がおりますか？　裕福なセーヌヴェットの貴族のみを癒し、苦しむ民など一切かえりみずに、私腹を肥《こ》やすことだけに一生懸命な聖女を崇拝している者なぞ、王族に洗脳されているセーヌヴェットの民くらいのものです。──あの女は、紛《まぎ》れもなくセーヌヴェットの病巣だ。放っておけば、隣国である我が国すら侵食されかねないので、王族の方々には一刻も早くあの女を排除することをお薦めします」

こんな風に、人を悪《あ》しざまに言う父様を見たのは、初めてだった。父様がこんな風に憎悪を露《あら》わにした表情を浮かべるのも。

……否《いな》、初めてではない。

『──下、ルイス陛下っ！　……』

『……あの女を、信用してはいけません！　……あの女は、必ずや、セーヌヴェットを破滅に導……』

『……真……聖女は……リナ様……』

頭の奥で、ところどころ途切れた声がする。今より若い、父様の声に体が震えた。

やめて。やめて。思い出したく、ないの。

──父様には、ただの「父様」でいてほしいのに。

「……話を戻しましょう。それから私は命からがら森の奥に逃れたのですが、賊から受けた傷は深く、瀕死の状態でした。出血多量のあまり、気を失って倒れていたところを聖女様に救われたわけです」

その言葉に母様が青ざめた。

「……待ってください。あなたは、ここに来てすぐに、治療は必要ないとおっしゃいましたね。だから、服についている血は、全て返り血だと思っていましたが……」

「残念ながら、あれは全て私の血です。私の腕では逃げるのが精一杯で、敵に一矢報いることもできませんでしたから」

「つじゃ、じゃあ、あなたの傷は……！」

「？　おかしなことを言いますね」

――ああ、とうとう、父様と母様にも知られてしまう。

ふたりの顔を直視できずに、唇を噛んでうつむいた。

「もちろん、聖女様に癒してもらったのです。血を流し過ぎて瀕死の状態だった私は、聖女様の力のおかげで、九死に一生を得たのです」

その場を、しばらく重い沈黙が支配した。

「――ディアナ」

父様が顔を上げられないでいる私のもとにやってきて、肩に手を置いた。

びくりと体を跳ねさせた私の顔を、父様が下から覗き込んだ。

「今の話は……本当かい？」

「……ごめん、なさい……父様……」

血の気の引いた蒼白な父様の顔を、すぐ傍で見て、唇が震えた。

「言え……なかったの……異常だと、思われるのが……怖くて」

「――ああ、なんてこと……！」

悲鳴混じりの声をあげたのは、母様だった。

「ディアナに……あの方と同じ力が、あるなんて……神様……どうして！」

「……落ち着きなさい。ローラ」

「落ち着けるわけないでしょう！　ああ……どうして、どうして、私達の娘が……」

「――お言葉ですが、母君」

頭を抱えて嘆く母様に、シャルル王子は眉をひそめた。

「聖女様の力は、とても素晴らしいものです。今までは不治とされていた病も、聖女様の力なら、きっと癒せます。彼女は苦しむ民を救う、救世主なのです。……それを、そのように否定されるのは」

「――何も知らない癖に、そんなこと言わないで！」

母様は見たことがないほど険《けわ》しい表情で、シャルル王子を睨む。

「何も知らない癖に！　その力のせいで、あの方がどんな理不尽な目に遭ったか、知らない癖に！」

「……ローラ」

「ああ、あなた……何故、何故なの。神様は、残酷過ぎるわ……」

すすり泣く母を、父様はただ黙って抱き締めた。

「――そうだ。あんたは、何も知らない。こちらの事情は何も知らない癖に、勝手に自分の都合ばかり、ディアナに押しつけようとしている」

唖然《あぜん》としているシャルル王子の前に進み出たのは、兄様だった。

「あんたには、あんたの事情があるのはわかった。――だが、命を救われておいて、その上で図々しくも妹の治癒をディアナに頼るとは、ずいぶんとむしがいい話だな。あんたは自分の命を担保に『聖女様』とやらを得たと思っているのだろうが、そんなあんたの事情は、俺達には関係ない話だ。癒しの力を持っているからと言って、ディアナが王族のために、動く義理なぞあるか」

「……当然、相応のお礼はさせていただきます」

「礼？　財宝でも積んでくれると言うのか？　……だが、あいにく、俺達家族はそんなものは望んでいない。望んでいるのは、権力に介入されることのない平穏。それだけだ」

「……っ」

冷たい眼差しと共に、淡々と告げられる兄様の言葉に、王子は目に見えて怯《ひる》んだ。

拒絶されるのは予想外だったのか、シャルル王子は視線をさまよわせ、やがてすがるように私を見た。

「……聖女様。無礼を承知で、お頼みします。どうか、妹をお救いください。妹はまだ……十二歳、なんです」

「っ、あんたは、まだ……」

「妹だけじゃありません！　老若男女問わず、たくさんの国民が、不治の病に苦しんでます！　――どうか『災厄の魔女アシュリナの呪い』から、民をお救いください！」

「……災厄の、魔女……アシュリナの呪い……」

……ああ、やっぱり。

やっぱりあの言葉は、聞き間違いなんかではなかった。

「ええ。そのように呼ばれている、不治の病です。私は当時は幼かったので、よく知らないのですが、セーヌヴェットの王女アシュリナの死がきっかけとなって蔓延《まんえん》した故に、聖女ユーリアがそう名付けたと聞いております」

シャルル王子の言葉が、遠くに聞こえた。

私……私のせいで、民が……

「貴様っ、いい加減に……」

「――アシュリナ様を、愚弄《ぐろう》するなっっっ！」

シャルル王子に詰め寄る兄様の声を遮ったのは、父様の怒声だった。

「あの方は、災厄の魔女なんかじゃないっ！　あの方が、死して民を呪うことなどあるものかっ!!

あの方は……アシュリナ様は、心から民を思う、優しい方だった。アシュリナ様こそが、真の聖女だったんだっ！」

「……父様」

父様の悲痛な声が、私の意識を元に戻した。

代わりに意識の底から、忘れていた……忘れたかった父様の過去の姿がぼんやりと浮かび上がり、徐々にその輪郭が鮮明になっていく。

怒鳴ってから、父様は自分の言葉に打ちのめされたかのように、片手で顔を覆った。

「……そうだ。私は、わかっていた。あの方が、魔女なんかではないと。全てはルイス陛下と、あの女の策略だとわかっていた、はずなのに……」

……ああ。父様。やっぱり、あなたは。

「……だけど私は、あの方を守れなかった。……死したあの方の名誉を復活させることすらできぬまま、家族を守るために立場も誇りも全て捨てて、セーヌヴェットから逃げたんだ……」

「あなた……」

「――ああ、知っているさ。知っている。本当は私に、王子をなじる資格がないのは、わかっている。……だが、頼むからこの家で、アシュリナ様の名を汚すのは、やめてくれ。……あの方を守って死んだ弟に、顔向けできなくなる」

――弟。

その言葉が、決定的だった。

「――あまり、自分を責めないでください。『ダニエル・キートラント』」

「……ディアナ？　何故、その名を……」

「……あの時あなたは、『私』のためにルイス陛下に逆らったことで、当時関係が悪化していたアニリド国との紛争における、最も危険な最前線に送られていました。セーヌヴェットから遠い異国にいたあなたに……『私』を守れたはずがないのです」
ああ——全て、思い出した。

『……アシュリナ様。いつもすみません』

『本当だよ。ダン兄さん。無茶をしてアシュリナ様の手をわずらわせるのは、いい加減にしてくれ。……申し訳ありません。アシュリナ様。兄がいつも迷惑をかけて』

『気にしないでください。ダニエルはセーヌヴェットのために、身を犠牲にして戦ってくださっているんですから。……でも、私の力を当てにして、自らの身をかえりみないのは感心しませんね。今回の怪我も、私の力が効かなかったら、腕を切断しなければならなかったかもしれませんよ』

『面目ありません。……部下がターボス狼に噛まれそうになっていたのを見て、つい剣より先に手が出ました』

ダニエル・キートラント。剣聖と讃《たた》えられた、国一番の剣士。

武の名門キートラント家の嫡男《ちゃくなん》で、セーヌヴェットで一番と言われる優れた剣の使い手ながらも、その肩書きに驕《おご》ることのない、実直な青年だった。

『……そんなこと言って、兄さん。本当はローラに会いたくて、わざと大怪我をしているわけじゃないだろうな』

『ば、馬鹿！　新婚でふぬけているお前と、一緒にするな』

生真面目な顔を赤らめて否定するダニエルの姿に、傍らに控えていた侍女のローラも、白い頬を赤らめ、うつむいた。

ダニエルが治療のため私のもとに来たことでふたりは知り合い、やがて恋仲となった。両家の反対を押し切って、ローラは来年侍女の仕事をやめて、ダニエルのもとに嫁ぐことが決まっていた。

『ふぬけてなんかいないよ。俺はまもなく、父親になるんだから。産まれてくる子どもが誇れる父親になれるよう、俺は今まで以上に、しっかりアシュリナ様をお守りしないと』

ダニエルより早く結婚したアルバートは、もうまもなく奥さんが臨月だ。

初めての子どもが待ち遠しくて仕方ない彼からは、毎日のように奥さんの様子を聞かされている。

『子どもの名前はもう、決めたのですか？』

『はい！　私は本当はアシュリナ様に名前をつけていただきたかったのですが、妻が王族に名付け親になっていただくなんて、恐れ多いと申しまして。結局ふたりで話し合って、決めました』

……有力な後ろ盾もなく、次期王である兄から疎《うと》まれている王族に、恐縮なぞする必要もないのに。

苦笑いする私に、アルバートは照れ臭そうに笑って言葉を続けた。

『男の子だったら――』


「――ディアナ、大丈夫か⁉」

兄様が呼ぶ声が、私を過去から引き戻した。

ひどく心配そうに私を覗き込む兄様の顔が、アルバートのそれとかぶる。

……ああ、やっぱり。本当はちゃんとわかっていたんだ。

だってこんなにも、兄様とアルバートは、そっくりだもの。

「……ごめんなさい……兄様……」

「ディアナ……」

「兄様の本当の父様は……私のせいで、死んだのね……」

思い出したくなくて、無意識に記憶を封印していた。

だって、アルバートが「ディアナ」の叔父ならば、気づきたくない現実を突きつけられてしまう。

――兄様から、本当の父様を奪ったのは、私。

――父様から、弟を奪ったのも、私。

――父様と母様は、私のせいで故郷を出て、人を厭《いと》いながら暮らすようになった。

私が……「アシュリナ」が、大好きで大切な家族から、様々なものを奪ったのだ。

それなのに、身勝手で醜《みにく》い私は、その記憶さえ封印した。

『男の子だったら、「ティムシー」。女の子なら、「ディアナ」と名付けようかと思っているんです』

『素敵な名前ですね』

『ふうん。……「ディアナ」か。良い名だな』

『兄さん……「ティムシー」の方も褒めてくれよ。だけどその名前が気に入ったなら、もし俺の子どもが男の子で、兄さんの子どもが女の子だったら、使ってもいいよ。俺でよければ、名付け親になるさ』

『……子、子どもなんて、まだまだ先の話だ』

あの日。十二歳だった私は、兄様が生まれる前に、その名を知ったはずなのに。

『……アシュリナ様。アシュリナ様。申し訳、ありません……』

『私が、兄のように強ければ……あなたを守ることができたのに』

『ああ――ティム、シー……』

アルバートは、最期の瞬間、確かに兄様の名を呼んだのに。

「――お前は悪くないよ、ディアナ。お前は、何も悪くないんだ」

ティムシー兄様は唇を震わせながら、泣きながら立ちすくむ私の体を、優しく抱き締めてくれた。

「アシュリナだって、悪くない。彼女は、理不尽な運命に巻き込まれただけだ。……俺は、アルバート父さんを誇りに思うよ。果たせなかったけれど……命を懸けて、理不尽に命を奪われようとしている女の子を、守ろうとしたんだ」

――ああ、兄様は全てを知っていたんだ。

知っていて、私が自らの前世を両親に打ち明けないよう仕向けてくれた。

私がふたりの過去を知って、傷つくことがないように。

「……聖女、様。……私は」

「シャルル王子。――今すぐ、この部屋を出ていってくれ」

状況がわからずにとまどいながらも、再び口を開いたシャルル王子を、兄様は私を抱き締めたまま、鋭く制した。

「家族だけで話がしたい。……母さんが案内した、客間にでも行っていてくれ。夕飯なら、もう十分食べただろう」

「……『家』から出ていけとは、言わないのですね」

「追い出されたいのか？　……心配しなくても、ディアナが助けた命を、むざむざ無駄にするようなことはしないさ。獣は護符で防げても、森にまだセーヌヴェットの追っ手がいたら、あんたひとりではどうしようもない。あんたを夜の森に放り出したことを恨んで、後々、王家が兵を差し向けたりしたら困るしな」

「……そんなことは、しませんよ」

「どうだかな」

王子は神妙な表情で私達家族の姿をぐるりと見渡して、深く一礼した後、扉に向かった。

しかし、扉を開く前に足を止め、暫《しば》しの沈黙の後、再び口を開いた。

「……最後にひとつだけ。王子としてではなく、私個人の考えを聞いてもらえるでしょうか」

「……どうせ許さなくても、勝手に言い捨てて行くのだろう。さっさと口にして、早く出ていけ」

兄様は私を守るように抱き締めたまま、吐き捨てた。その手は私の耳の近くに添えられていて、もし王子が不用意な言葉を口にしたら、私の耳をふさいで聞かせないつもりなのだろう。

兄様の許可を受けてシャルル王子は振り返ると、ためらいがちに言葉を切り出した。

「まずは……空気を読まずに、無礼なことを言ったことをお許しください。そしてもうひとつ……」

「……ひとつだけと言っただろ」

「……もう、ひとつだけです。聖女様。もしあなたが、自らの力を公にすることを望まないのなら……」

王子は一度言葉を止めて、爪が食い込むくらい強く手を握り締めた。

「……民を救ってほしいとはもう言いません……でも……どうか、妹ミーシャの命だけは、救っていただけないでしょうか……」

「……」

「あなたの存在は、必ず秘密にします。……私の自由にできる範囲なら、望むだけ報酬を差し上げます。……だから、どうか」

「……先程まで、民を民をとうるさかった男だとは、思えない発言だな」

兄様の言葉に、シャルル王子は唇を噛んで、うつむいた。

「……王族として、ふさわしくない発言なのはわかっています。……王族ならば、民も身内も、同じように考えるべきだと。……それでも、私は妹が可愛い。大切、なんです。民の病を見て見ぬふりをすることになっても、あの娘だけは助けたい」

「なら……最初からそう言え。本音で話さない相手の頼み事なぞ、耳を傾ける気にもならない」

「そう、ですね……そうすべきでした……」

シャルル王子は最後にもう一度深々と頭を下げると、今度こそ部屋を出て行った。

兄様はその背を見送りながら舌打ちをもらすと、なだめるように私の背中を撫《な》でながら、父様達に向き直った。

「それじゃあ――家族だけになったところで、改めて状況を説明しよう。父さんも母さんも、こうなったからには、ディアナの秘密を全て把握しておくべきだ」

「その……ティムシーが私の過去を、ディアナに話したんだな。お前にも、詳しく話した覚えはないが……酔っぱらって記憶がない時なら、話したかもしれない。そう、なんだろう？」

父様は震える声で、兄様に尋ねた。

兄様は私の背を撫《な》でながら、ゆっくり首を横に振った。

「違うよ、父さん。……ディアナは、最初から全部『知っている』んだ。父さんも、本当は薄々理由を察しているんじゃないか？」

「っ」

「ディアナは『アシュリナ』と同じ力を持っている。――それと、『アシュリナ』だった頃の記憶も」

「……嘘、でしょ」

母様はふらふらとした足取りで、私と兄様の近くに近づいてきた。

「……嘘、よね。ディアナ……私達を、からかっているだけよね……お願いだから、そうだと言って」

「……ごめんなさい……母様」

「……もし、本当だと言うなら……私の、弟の名前が言える？　アシュリナ様が十歳の時に、弟の身に何が降りかかったかも」

母様が、侍女ローラならば。……母様の質問の答えは、イエスだった。

ローラは、アシュリナが十の時から、十三歳まで仕《つか》えた侍女。彼女が城に上がったばかりの頃、私は一度、幼い彼女の弟を癒したことがある。あの頃はまだ、力を行使する機会は少なかったから、その理由も、彼女の弟の名前も、ちゃんと覚えている。

だけど……

向けられる母様の目は、言っていた。

『どうか、わからないと言って』

『冗談だったと、そう言って』

……今にも崩れ落ちそうな母様に、本当に真実を告げてよいのだろうか。

「――覚えているなら、言え。ディアナ」

迷う私の背中を押したのは、兄様だった。

「そうしなければ……誰も前に進めない」

兄様の言葉に頷いて、その腕の中から出て母様に向き直る。

「アシュリナの侍女ローラの弟の名前は……トム。トム・ミネアド」

「……あ……」

「……木登りで遊んでいた時に、木から落ちて全身を強打。意識を失っていたところを、私がローラに頼まれてミネアド家に出向き、力で癒しました」

「……あ……あ……アシュリナ、様！」

母様が崩れ落ちるのと、父様がその場にひざまずいて、地面に額を押しつけ平伏したのは、同時だった。

「――申し訳ありません！　アシュリナ様！　私はっ……私はっ」

「頭をあげてください。ダニエル。……あなたは悪くないと言ったでしょう」

「ですが……私は、あの時っ！」

「――やめてくれ。皆。父さんも、母さんも、ディアナも。勘違いしないでくれ」

空気を打破するように、苦々しい顔でそう言ったのは、兄様だった。

「ここにいるのは、『アシュリナ』じゃない。『アシュリナ』の記憶を持つ『ディアナ』だ。父さんと母さんの娘で――俺の妹だ。そのことを忘れないで、話してくれ」

兄様の言葉に、ハッと口を押さえる。

――私は今、自分が確かに『アシュリナ』に戻ったような錯覚に陥《おちい》っていた。

父様や母様が、血の繋がった両親ではなく、親身に接してくれたかつての配下のように認識してしまった。そんな自分を自覚したとたん、体が震えた。

まるで――自分が自分でなくなってしまったよう、だった。

私はアシュリナではなく、ディアナだと。毎日のように、自分自身に言い聞かせていたのに。

「……ティムシーの言う通りだな。過去に囚《とら》われるあまり、大切な娘の存在を消してしまうところだった」

「アシュリナ様の記憶を持っていても……ディアナは、ディアナだものね。私が、お腹を痛めて産んだ娘に、変わりはないわ」

兄様の言葉に、自身の認識の誤りに気づいたのは、父様と母様もだった。

立ち上がったふたりは、そのまま静かに私に歩み寄った。

「……ディアナ。お前はアシュリナ様の記憶を持っていても、死後のセーヌヴェットのことまでは知らないだろう。お前は……アシュリナ様じゃなく、私達の娘ディアナだ。それでも……どうか、私の懺悔《ざんげ》を、聞いてくれないだろうか」

父様の言葉に、頷く。

……私も、父様の過去を、知りたい。否《いな》、きっと知るべきなのだ。

そして、父様が語ったのはあまりにも悲しく、辛い過去の記憶だった。


聖女ユーリアに不審を抱き、アシュリナの保護を進言したことで、アニリド国との紛争における、最前線に送られた父様。そこは、毎日のように隊の誰かが亡くなる、苛酷な戦場だった。

「地理的な要因から、通信網は完全に遮断されていた。当時の私達は、セーヌヴェットの様子を知ることも、戦況を伝えることもできなかった」

父様は、死した仲間の遺品を、ひとつひとつ集めて、持ち歩いたという。

セーヌヴェットに残る彼らの家族に、彼らの死を伝えることは、生き残った者にしかできない。

父様は、自らは必ず生き残ると信じ、彼らの遺品にその名を刻んだ。

「だが、希望はあった。――アニリドの侵攻軍を撃退して帰国すれば、私は英雄だ。そうなれば……ルイス陛下も、私の発言を無視できなくなる。侵攻軍を打ち倒して帰国した後に、聖女ユーリアの企みを打ち砕き、窮地に立たされたアシュリナ様を救う。それこそが、アニリドよりも凶悪な脅威を滅ぼす術だと信じて、私は剣を振るい続けた。……それが国に残される家族を、幸せに導く最も良い方法だと、信じていた」

やがて父様の剣は、敵の将を打ち倒し、アニリドの侵攻軍を撤退させることに成功した。

「だが——ようやく帰ることができたセーヌヴェットで待っていたのは、地獄のような現実だった」

救いたかったアシュリナは、ルイス王と聖女ユーリアが扇動した民によって、すでに火炙《ひあぶ》りにされていて、アシュリナを守ろうとした、弟アルバートも殺されていた。

その事実を、ルイス王は「私も半分血を分けた兄として、妹の死は辛いが、国民がアシュリナを魔女として断罪したなら仕方ない」と、笑いながら言ったのだと言う。

「望み通り、英雄として私は、民から迎えられた。——だが、アシュリナ様やアルバートの命を理不尽に奪いながら、私を笑顔で讃《たた》える民が気持ち悪くて仕方なかった。……私や、死んだ仲間が、命を懸けて守ろうとしたのは、こんな奴らなのかと。こんな国なぞ、いっそアニリドに滅ぼされてしまえばいい、と思わずにはいられなかった」

いっそ、ルイス王と聖女ユーリアを殺し、自分も死のうかと思い詰めたという。

王が誤った道を進むなら、その命を奪ってでも制し、その後を追うことが、正しい騎士のあり方なのではないかと。

「……だけど、私にはローラとティムシーがいた」

当時のセーヌヴェットでは、アシュリナを擁護《ようご》する者や、深い関わりを持っていた者は「魔女の仲間」と見なされて、国民によって私刑されることも少なくなかった。

父様がアシュリナを擁護《ようご》したことは、賛同者が出ることを恐れたルイス王自身が周囲に口止めをしていたが、父様のことがなくても、母様はアシュリナの元侍女で、兄様はアシュリナ専属の護衛騎士の息子。父様が最前線に送られている間、残された母様達の立場は危うかった。

母様は実家の力を借りて、兄様と共に隠れ住んでいたのだという父様の言葉に、ずきんと胸が痛んだ。

……私の……アシュリナのせいで、母様は……

「……勘違いしないでね。ディアナ。それはアシュリナ様のせいじゃないわ」

項垂《うなだ》れる私の肩に手を置いて、母様はゆっくり首を横にふった。

「だって、私がアシュリナ様に仕《つか》えていたのは、事件が起こる三年も前の話よ。私のもとで育ったティムシーが、アルバートの息子だということも、本来ならば過激派の国民は知りようがない情報なの。それなのに……当時の私とティムシーは、過激派の国民に、ほかの誰よりも早く目をつけられたわ。その理由がわかる？」

「……ううん。わからない」

「最前線に送るだけではなく、過激派の国民を扇動して、私やティムシーを襲わせる。——そこまでが、自分に逆らったダンへの制裁だったのよ」

可能性は低いとは言え、英雄になるかもしれない父様には、直接手を下せない。代わりに、ルイス王が目をつけたのが、母様と兄様だった。

万が一、父様がセーヌヴェットに戻ることがあっても、もう二度と自分に逆らう気にならないように。ルイス王は、父様の家族を追い詰めることで、父様を牽制したのだ。

ようやく再会できた母様は、敬愛していたかつての主が理不尽に殺されてしまった苦しみと、いつ襲われるかわからない恐怖でやつれ、ぼろぼろになっていた。

父親であるアルバートを亡くし、その遺体すら暴徒によって焼かれて骨も戻ってこなかったことで、四歳の兄様は感情を失ってしまっていた。

そんなふたりを見て、父様は国の未来のために死ぬ覚悟を捨てた。

――自分が死ねば、誰がこのふたりを守るのか。

そう、思ったのだ。

「――それからすぐに、セーヌヴェットを出て、この森に移り住んだ。ローラは侍女になる際、王族を守るための様々な防衛術を習得している。普段使っている、護符の作成もそのひとつだ。ローラは、特にその才覚があった。私は騎士として、医療知識もある程度学んでいるし、剣で獣も狩れる。……家族三人でささやかに暮らす分には、何も問題はなかったよ」

やがて……移り住んだこの家で、「私」が生まれた。後はもう、私の知っている通りだ。

「父様は……セーヌヴェットを出たことは、後悔していないの？」

私の問いに、父様はかすかに笑った。

「セーヌヴェットに残り、アシュリナ様の名誉を回復するために密かに働き続けるべきだったかもしれないと、思うことはある。……だが、そうしていたら、きっと今ほど幸せを感じることは、なかっただろう」

「……」

「ずっと共に生活してきたディアナなら、わかるだろう？　――私は、幸せだったよ。この森の小さな家で、家族だけで生活する日々が、たまらなく幸福だった。……もう、剣で人を殺める必要はない。人の醜《みにく》さに、必要以上に触れなくてもいい。ただ家族のことだけを考えて、愛しいお前達に囲まれて暮らしてきたんだ。……幸福でないはずないだろう？」

「父様……」

「だけど、ディアナ。……アシュリナ様の記憶を持つお前には、その幸福を批難する権利がある」

父様は、そっと目を伏せた。

「敬愛する人を守れなかった自らの咎《とが》を忘れ、アシュリナ様の不名誉に目をつぶって、自分だけ幸福になったんだ。……騎士として、あまりに身勝手で、矜持《きょうじ》を捨て去った行為だ。お前は、そのことを怒ってもいい」

父様の言葉に、首を振る。批難、できるはずがない。怒れるはずがない。

「……父様、私は『ディアナ』だよ。そして、『ディアナ』は、父様と母様のおかげでずっと幸せだった。……『アシュリナ』に批難されるなら、私も一緒だよ」

六歳の時に、「アシュリナ」の記憶を思い出した。

だけど、兄様の言う通り、私は「アシュリナ」の記憶を持つだけの、「ディアナ」だ。

先程過去に呑み込まれかけたように、私の中にはアシュリナの人格の一部が確かに存在している が、それは決して別個の人格ではない。「アシュリナ」だった頃も、アシュリナの記憶を思い出す前の純粋な「ディアナ」だった頃も、全ては連なった過去の出来事として、入り混じってしまった。

だから、私の中の「アシュリナ」が、同じ存在である「ディアナ」の幸福を疎《うと》むことなんて、あるはずがないのだ。むしろ、自身の矜持《きょうじ》を曲げてでも、家族の幸福のためにかつての立場を捨ててくれた父様には、感謝しかない。

「……そうか。なら……」

「――なら。また、全てを捨てて、みんなでここから逃げましょうか」

言い淀《よど》む父様の代わりに、母様が言葉を続けた。

「もうすでに、一度故郷を捨てて、その上で生きる方法がわかっているのだもの。……今度は前より、もっと簡単よ。ディアナだって、もう十六なんだし。夜の内にこの家を出て、新しい住み家を探しましょう？」

「……母様？」

「シャルル王子のことなら、心配しなくても大丈夫。獣除けの護符と、対人用護符をいますぐ書いて、わかる場所に置いていくわ。それなら、明日の朝、ひとりで城に戻るくらいは問題ないはずよ」

「……母様」

「さて、そうと決まったからには、すぐに準備しないと。次に住むなら、どこがいいかしら？　私、一度海辺にも住んでみたかったの。……あ、準備する時は音に気をつけてね？　くれぐれもシャルル王子に気づかれないようにしないと……」

「――母様！」

口を挟ませないように、早口でまくしたてる母様をまっすぐ見据えながら、私は首を横に振る。

「……私には、無理だよ。母様」

「っ」

「知ってしまったからには……何も聞かなかったふりをして、逃げることなんて、できないよ」

私の言葉に、母様は唇を噛んだ。

「……同じ娘を持つ母として、まだ十二歳の娘さんが不治の病にかかっている、シャルル王子の母君には同情するわ。もちろん、まだ幼い妹さん自身にも」

「……」

「でも……私は、あなたの方が大事なのよ！　ほかの誰かから鬼だと非情だと罵《ののし》られても、赤の他人の娘さんより、自分の娘の方が、ずっと大事なの！　……あなたが、アシュリナ様の記憶を持っているというなら、なおさらだわ。今度こそあなたには、身勝手な周囲の思惑に巻き込まれることなく、幸せになってほしいのよ……！」

母様は、泣きながら私を抱き締めた。

「人間は皆、自分勝手で醜《みにく》いわ……。かつてアシュリナ様だったディアナなら、それが誰よりわかるでしょう？　自分の利益のために、他人を平気で踏みにじる人は決して少なくないの。普段は優しい善良な人間も、いざ、自分自身や家族に危険が降りかかれば、最終的には他人を切り捨てるわ。……私がディアナのためなら、シャルル王子の妹さんを見捨てられるように」

「母様……」

「一度でも、王族に協力してその力を示せば、必ずこの国は、あなたを政治に利用することを考えるわ。いくらシャルル王子が秘密にすると言っても、予言を妄信して死にかけるような未熟な若者の言葉なんて、信用できない。……かつて侍女だった私は知っているわ。優しいアシュリナ様の傍は、いつだって温かかったけど、あの城の中は自分の利益ばかり考えて、アシュリナ様を利用しようとする魑魅魍魎《ちみもうりょう》ばかりだった。国は違うけど、為政者なんて根本は皆同じ。あなたはきっとまた、あの時のように苦しむようになる。……下手したら、また、あらぬ罪を着せられ、殺されてしまうわ」

母様の言葉に、目を伏せた。

『力を施《ほどこ》すなら、当然相応の対価を得るべきだ』

そんなルイス王の言葉に逆らい、身分や財産に関係なく、病や怪我に苦しむ人々を救うアシュリナに、国の上層部が向ける目は冷たかった。

『仮にも、王女なのだから、国の利益になることを最優先すべきだ』

『貧乏人なぞ癒したところで、何の得があるというのだ』

『あれでは、陛下にただの人気取りと思われても仕方あるまい』

彼らの言葉は……為政者としては、正しいものだったのかもしれない。

慈《いつく》しみの心だけでは、国は支えられない。アシュリナは仮にも王族の一員であったのだから、国のためにより有益な人物を選別して、力を行使するべきだったのかもしれない。

それでも……アシュリナは。私は、目の前で苦しむ人々を選別することなんて、できなかったのだ。

身分や財産に関係なく、命は、平等だ。そうあるべきなのだ。そう信じて、私は批難の言葉を無視して、力を使い続けた。癒した相手から感謝の言葉を聞くたび、自分は間違ってないのだと思えた。

けれど――その結果、アシュリナは、魔女として処刑された。

「ディアナ……逃げたとしても、あなたは何も悪くはないわ。ティムシーの言う通り、力があるからといって、行使しなければならない義務なんてないのだもの。……それでも罪悪感を抱いてしまうというなら、全部、私のせいにすればいい」

「母様の、せいに……？」

母様は優しく微笑みながら、そっと私の髪を撫《な》でた。

「そうよ。だってあなたは王女を救いたかったのに、私がそれを止めたの。王女を殺すのは、私よ。あなたは何も悪くない。全ては私の罪なの。……だから、お願い。ディアナ。母様のためと思って、一緒に逃げてちょうだい」

ひしひしと伝わる、母様の愛情が嬉しくて、だからこそ、苦しかった。

母様が、こんな風に言ってくれているのに。私のためなら、罪さえ背負うと言ってくれるのに。

私は。私は……

「……母さん。その言い方はずるいよ。それじゃあディアナは、選べない。王女を助ける道を選んだら、母さんを裏切ったと思ってしまうだろ」

眉間に皺《しわ》を寄せながら口を挟んだ兄様を、母様は涙目で睨んだ。

けれど同じ睨むにしても、シャルル王子に向けたものと違い、確かな温度を感じさせた。

「……ティムシーは、ディアナが王女を助ける道を選んで、危険な目に遭っても平気だというの？」

「平気なわけないさ。俺だって、顔も知らない女の子の命よりも、ディアナの安全の方が大事に決まっている。俺は、ディアナを守りたい。指の先ひとつ、傷ついてほしくないと、思っている」

「……兄様」

「でも……俺は、ディアナの心も守りたいんだ。何を選んでも傷つくことが避けられないなら、せめてディアナには、自分が決めた未来を歩んでほしいと思っている」

「っ」

兄様の言葉に、母様が息を呑んだ。

「……母さんだって、本当はわかっているんだろう？　母さんがいくら罪は全て自分が背負うと言ったところで、ディアナはそんな簡単に割りきれないって」

……兄様の言う通りだった。

王女を見捨てて逃げた罪を、全て母様に押しつけるなんてできるはずがない。

たとえ提案したのは母様だったとしても……最終的にそれを決めるのは私だ。全ての責任は私にある。母様の言葉に従って、王女を見捨てて逃げる選択をしたら、私は一生消せない罪を背負うことになるだろう。

「……っ、あなた、あなたはどう思うの、ダン。私の言っていることは、間違っているかしら？」

兄様から遠ざけるように、私を抱き締めたまま体の向きを変えた母様に、父様はゆっくり首を横に振った。

「……君は、間違ってないよ。ローラ」

「そ、そうよね。だって、心が傷ついても、体が無事なら生きていけ……」

「でも……ティムシーも、間違ってない」

父様は緑色の瞳を母様に向けながら、ゆっくり首を横に振った。

「……以前ディアナが村に行った時に、ふたりで話しただろう、ローラ。ディアナの未来は、ディアナが決めることで、親の私達の感情で縛《しば》ってはいけないと。——ディアナが、どんな道を選んでも、私達は全ての力で応援しようと言ったのは、ローラ、お前じゃないか」

「で……でも……でも、あの時とは、違うわ……」

「ああ、違う。……だからこそ、私達は改めて覚悟しなければいけないんだ。娘が決めた道の、後押しをする覚悟を」

そう言って、父様は私を見た。父様の口元は微笑んでいたが、その瞳は悲しみに満ちていた。

「ディアナ。お前はどうしたい？　このまま、家族一緒に逃げたいか。……それとも、とどまって、シャルル王子の妹君を助けたいか」

「……」

母様も父様も、私を失うかもしれない恐怖に、脅《おび》えている。

ミーシャ王女を助ける道を選べば、大好きなふたりを悲しませることになる。

けれど……

「……父様、母様……ごめんね」

「……」

「やっぱり、私は……見捨て、られないよ。不治の病に苦しむ十二歳の女の子を、放って逃げたりしたら……私はきっと二度と心から笑えなくなる」

シャルル王子の妹、ミーシャ王女は、十二歳。十六で死んだアシュリナよりも、今の私よりも、もっと若い。

……このまま人生が終わるには、早過ぎる。

「……それに、王女の病は『アシュリナの呪い』と言われているのでしょう？」

「っそれは、違う！　セーヌヴェットが勝手にそう名付けただけだ！」

「……ありがとう。兄様。でも、本当のところは私もわからないの。だって……アシュリナの人生が終わる瞬間、人を憎まなかったかと言えば、嘘になるもの」

——何故、私がこんな目に遭わなければ、ならないのか。

炎に体を焼かれる苦痛に喘《あえ》ぎながら、アシュリナだった頃の私は、そう思った。

何より悲しみが強かったが、確かにそこには、怒りや憎しみの感情も存在したように思う。死の瞬間に、負の感情で歪《ゆが》められた体内の力が放出され、呪いになったのだとしたら。私に自覚がないままに、「アシュリナの呪い」が病になり、人々を苦しめている可能性は十分ある。

「だから……確かめたいの。本当に、王女の病が、アシュリナのせいじゃないのか、アシュリナの記憶を持つ私は、確かめなければいけない。——力を使えば、私にはそれができるのだから」

シャルル王子の体内の状態の様子がわかったように、癒しの力を行使すれば、患者の詳しい容態を知ることができる。

もし、原因がアシュリナの呪いだったとしたら、どれほど変質していても、ミーシャ王女の体に、かつての力の残滓《ざんし》を感じるはずだ。

確かめたい。そして万が一、病の原因がアシュリナだった場合——贖罪《しょくざい》をしなければならない。自分が苦しめられたからといって、罪のない人々を苦しめて良い理由にはならないのだから。

「……俺や父さん達が、どれほどアシュリナが原因でないと言っても、お前は自分の目で見るまでは信じないんだろうな」

兄様はため息を吐いて、私と、私を抱き締めたまま震えている母様を見た。

「……わかった。なら、俺もディアナについていくよ」

「……ティムシー！」

「そんな顔をしないでくれ、母さん。俺はディアナと一緒に死ぬためについていくんじゃない。ディアナを守るためについていくんだ。ディアナを守るのに、俺以上の適任者はいないだろう？」

「兄様……」

私の自己満足に、兄様を巻き込んで良いのだろうか。

これは……私がひとりで全て負うべきものではないだろうか。

「――ついてくるななんて、言うなよ。ディアナ」

「っ」

私の葛藤を見透かすように、兄様は微笑む。

「村に行った時と同じだよ。これは、お前が王女のために力を使う上での、最低条件だ。――俺に、お前を守らせろ」

『あなたは、私が命に代えても守ります。アシュリナ様』

兄様の姿が、かつてのアルバートとかぶり、唇を噛んだ。

兄様の父、アルバートはアシュリナを守って死んだ。

それなのに、アルバートの子どもである兄様に、私を守らせるなんて……

「安心しろ。ディアナ。俺は、アルバート父さんより強い。簡単には死なないさ。……そうだろ。父さん」

「ティムシー……」

「俺の剣の腕は、全盛期のダン父さんに勝ると、今朝そう言ってくれたよな」

兄様の言葉に、父様は眉をひそめて唸《うな》った。

「……いや。ティムシーがついていくなら、私とローラも一緒に行こう」

「……父様⁉」

「ディアナを守るなら、人は多い方が良いだろう」

「……父さん。ディアナはともかく、俺はもう、親に守られなければならないような子どもじゃないよ」

ティムシー兄様はため息を吐いて首を横に振った。

「父さんと母さんには、この家で待っていてもらった方がいい。……その方が、王族がディアナの力を独占しようと、俺達を捕らえた場合の保険になる」

「ティムシー！」

「だってそうだろう？　父さん、リスクを背負うなら、備えは必要だ。万が一俺に何かあったとしても、代わりに父さんが、いつでもディアナを助けに動けるようにしておきたい。……父さんや母さんが、人質として囚《とら》われる可能性も考えたけど、ふたりがこの家にいる限りは、その心配はないはずだ。この森は俺達には慣れ親しんだ庭だけど、王族の兵にとっては違う。地の利と、父さんの剣の腕があれば、襲撃があったとしても、母さんを守って逃げきれるだろう？」

兄様の言葉に、思わず目を見開く。兄様が……そんなことまで、考えていたなんて。

感銘を受ける一方で、怖くもなる。

家族にこんなことまで想定させる私の選択は、本当に正しいものなのだろうか。

「……ならば、私がディアナについていこう。ティムシーは、家に残って私の代わりにローラを守ってやってくれ」

「父さん……俺の腕を認めてくれたんじゃなかったのか。そんなに俺は、頼りないか？」

「認めているから、ローラを託すんだ。お前なら襲撃にあっても、ローラを守って逃げるくらい簡単だ。だが……」

言いよどむ父様に、兄様はため息を吐いた。

「だが……『お前は、人を斬ったことがない』？」

「っ」

「父さん。人も獣も、そう変わらないよ。……俺は必要ならば、ためらいなく人を斬るし、その命を奪うさ」

「……っ！　ティムシー、お前は、わかっていないっ！」

父さんは声を荒らげて、兄様の肩を掴んだ。

「人の命を奪うということは……誰かの大切な存在を奪うということだ。たくさんの憎しみと、悲しみを生み出す行為なんだ！」

「知っているよ。……けれど、それは父さんだって、してきたことだろう？」

「だから、言っているんだ！」

父様は、痛みに耐えるように顔を歪《ゆが》めて、兄様を見据えた。

「……ティムシー。血縁上は甥《おい》だが、私はお前のことを本当の息子のように思っている。ローラだってそうだ。だからこそ……私はお前には、手を汚してほしくない。私のように、なってほしくないんだ」

……アシュリナの記憶が正しければ、父様は兄様よりずっと若い、まだ子どもの年齢の時から戦場で剣を振るっていたはずだ。セーヌヴェット一番の剣士と讃《たた》えられるようになるまで、どれだけ多くの命を奪い、その罪の重さに苦しんで来たのだろう。

「父さん。……父さんが俺を大切に思ってくれているのはうれしい。けれど、罪を背負うことを恐れていたんじゃ、大切なものは守れないよ」

「……」

「それに、俺は今まで生きるために、たくさんの獣の命を奪ってきた。その獣にだって、家族はいたはずだ。大きな尺度でみれば、罪深さは変わらない」

「ティムシー……」

「大丈夫。俺だって、好き好んで人の命を奪いたいわけじゃない。極力戦闘は避けるし、本当に必要な時にしか、剣は振るわない。――それでも、いざと言う時になったら、俺はためらわない」

ぞくりと、肌が粟立《あわだ》った。

「ディアナを守るためなら、俺はどこまでも非情な人間になってみせる。どんな相手でも必要なら斬り殺すし、どんな罪だって喜んで背負う。……俺には、その覚悟があるよ」

兄様の声はどこまでも硬質で冷たく、優しい緑色の瞳は村に行った時よりも、シャルル王子と相対した時よりも、冷え冷えとしていた。

……ああ。兄様にこんな顔をさせているのは。こんなことを言わせているのは、私だ。

母様を泣かせて、父様を苦しめて。兄様を、こんな風に変貌させて。

大切な家族皆を、危険にさらすかもしれないというのに。

――それでもなお、「王女を救いたい」と思ってしまう私は、どれほど罪深い存在なのだろう。

シャルル王子を「力」を使って助けてから、体内で、力が渦巻いているのを感じていた。家族の言葉で迷いが生じるたび、「力」は体内ではち切れそうなほど膨張し、私に逃げる道を封じさせる。

【――救え】

不意に頭の中で、知らない誰かの声が響いた。

【救え】【救え】

【世界の間違いを正せ】

【悪《あ》しき力を排除しろ】

【それが、お前の使命だ】

【前世では果たせなかったそれを、今世でこそ、果たせ】

……何故？　何故、私なの？

【力を使い、世界を正すこと。――それこそが、お前が生まれた意味なのだから】

私はただ――大切な人達と、幸せに暮らしたいだけなのに。

「――ディアナ……？」

未だ私を抱き締めている母様に呼びかけられ、ハッと我に返った。

……今の声は、一体何だったのだろう。

わからない。……でも、確かに遙か昔に、同じ声を聞いたことがある。

記憶の彼方《かなた》にある、遠い遠い昔。私が「アシュリナ」として生を受けたばかりの頃に。

【――お前に、世界を救う力を与えよう】

確かに私は、あの声を聞いた。

「……ディアナ。あなたの気持ちは、わかったわ。……私がどれだけ言っても、あなたは逃げないのね。……逃げられ、ないのね。かつて……アシュリナ様が、そうだったように」

母様はぽろぽろと涙を流しながら、愛おしむように私の髪を撫《な》でた。

「……ディアナ。母様と、約束できる？　ティムシーとふたりで……必ず無事に戻って来るって。戻ってきて、また、いつもの笑顔を私に見せてくれるって……約束してくれる？」

「――約束、するよ」

口にしてから、なんて根拠のない約束だと思った。

無事に帰ってこれる保証なんて、本当はない。また、アシュリナの時のような悲劇を繰り返してしまうかもしれない。

でも……

「……必ず、母様と父様のもとに、兄様と一緒に戻ってくるから……信じて待ってて」

母様の体を抱き締め返しながら、子どもの頃のようにその胸に身を預けた。

それでも、信じたかった。あの声が告げる「使命」の先に――今度こそ、望む幸福があることを。

「……なら、もう止めないわ」

母様は、一度目をつぶって唇を噛み締めた後、そっと私の額に口づけた。

「あなたの、思うままに生きなさい。……愛しい子」

――その瞬間。

優しく温かい小さな世界が、確かに終わりを告げる音がした。

第三章　王宮への旅路

「……一緒に来ていただけるのですか？」

翌朝。

驚いたように目を見開くシャルル王子を、兄様は険《けわ》しい目で睨みつけた。

「ただし、いくつか条件がある」

昨夜、あの後、父様や母様も交えて話し合った、条件。

「第一に、俺がディアナに同行する。第二に、ディアナが予言の聖女であることは城の誰にも言わずに、秘かに王女と会えるように手配しろ」

「は、はい！　それくらいなら、私が責任持って約束させていただきます」

「そして第三に……ディアナが、自らの力を行使することを確約するのは、あんたの妹だけだ」

「っ……」

言葉につまる王子を、兄様は冷たく見据えた。

「大切なもののために――民を見捨てる覚悟はあるか、王子。言っておくが、ディアナを監禁したり、家族を人質に取ることで、無理やり言うことを聞かせようなんて思うなよ。ディアナの癒しの力は……強要されれば、即座に失われる」

それは……昨夜兄様が、私と家族を守るために考えた「嘘」。

私が、王族に使い潰されることがないように。その結果、家族が犠牲になることがないように。

兄様は、私の力の詳細が、誰にも知られていないことを利用した。

「……昨夜、ずっと考えていました」

シャルル王子は、兄様の言葉を疑う素振りも見せずに、うつむいた。

「正直に言えば私は……聖女様が見つかれば、国のために協力するのは当然だと思っていました。予言を妄信するあまり、聖女様の……否《いな》、ディアナ様や、ご家族から拒絶されることを、想像すらしていなかったのです」

シャルル王子は悔いるように目をつぶり、やがて覚悟の決まった青い瞳を私に向けた。

「それでもなお……私の無礼な態度に目をつぶり、妹ミーシャを救う決断をしていただけたことに感謝します。私はこの名にかけて、ディアナ様の存在を秘すことを誓います。……これは、その約束の印です」

そう言ってシャルル王子は、昨夜見せた小剣をテーブルに置いた。

「ディアナ様を無事にこの家に戻す日まで……この小剣を、聖女様の父君と母君に預けます。これが今の私に示せる、精一杯の誠意です」

王家の紋章が入った品は、王族しか持つことができない。故に一時的でも、それを一般の平民に預けるということは、まずあり得ないことだ。

「誓約書も用意しました。約定を破れば相手が王族であっても訴えることができる、正式な誓約書を。先程兄君が言った条件も書き足しておきます」

懐《ふところ》から羊皮紙を取り出し、シャルル王子は机に広げた。国同士の契約でも使われる、正式な契約書だった。シャルル王子はすでに自身のサインを入れていたそれに、兄様が述べていた条件を書き込むと、兄様に渡した。

「ここに……あなた達が納得する全額を書いてください」

兄様は眉間に皺《しわ》を寄せながら、一字一句見逃さないように契約書に目を通した後、全額を書く前に、それを父様と母様に渡した。ふたりが頷いたのを確かめた後、兄様は契約書に数字を書き込んだ。

書類に目を落としたシャルル王子は、驚いたように目を見開いた。

「……安過ぎませんか？」

「金がほしくて、この話を受けたわけじゃない。大金を用意したからと、雇用者面されても困る。これはあくまで、ディアナが被る迷惑料だ」

お金のことは、よくわからない。けれど兄様が書いた数字は……私には、それほど少なくないように思えた。

本当に良いのかと何度も念押しするシャルル王子と、面倒くさそうにそれをいなす兄様の姿を見ながら、今後のために自分も金銭について勉強しなければいけないと、改めて思った。

「血まみれの服を着るわけにはいかないだろうから、服は俺のを貸す」

「あ……それなら、予備のものが」

「追っ手もいるかもしれないのに、あんな王侯貴族丸出しの服で移動する馬鹿がどこにいる。白馬はどうしようもないにしても、服装くらい周囲に紛《まぎ》れる努力をしろ」

呆れたように吐き捨てて、兄様は父様を見た。

「あと、父さん。小剣を置いて行けば、王子の護身用の携帯武器がなくなるだろう。うちにある、何か使いやすい物を、王子に見繕《みつくろ》ってやってくれ」

兄様の言葉に、父様は黙って頷いた。


「……あまり、着心地のよくない服ですね。それに、私には少し大きいです」

「文句を言うな。平民の服なんてそんなものだ。大きさに関しては鍛錬《たんれん》が足りない自分の体を恨め。……それじゃあ、城の近辺まで予備の服は預かっておくぞ」

ぼそりと不平をこぼすシャルル王子を睨みつけると、兄様はシャルル王子の服を自身の荷物にまとめて入れた。

「馬が少しでも走りやすいよう、よけいな荷物は捨てていけ。森を抜ければ、城までは村が点在している。必要なものがあれば、そこで買え」

「……シャルル王子。小剣の代わりに、こちらをお使いください」

そう言って父様が持ってきたのは、小型のナイフだった。

「預かった短剣のような美しい装飾はありませんが、殺傷能力は勝ります」

「これは……小剣より、ずっと握りやすいな。それに、軽い」

「失礼ながら、シャルル王子は剣を扱ったご経験がほとんどありませんよね。無理に剣を得物にするよりは、こちらの方が実用的です。簡単にはなりますが、出発までの間、実戦におけるナイフの扱い方をお教えいたします」

「……参ったな。父君は、そこまでお見通しですか」

「それでは、少し外へ。……戻るまでティムシー達は、もう一度契約書を確認しておいてくれ」


「……何度見ても、契約書の本文自体には穴はないな」

父様とシャルル王子が去った後。

兄様と母様は、契約書を穴があくほど眺めながら、向き直った。

「あの王子は、洞察力はそれなりだが、腹芸は得意じゃないらしい。馬鹿正直にセーヌヴェットの提示した条件を守って、本当に城とセーヌヴェットをひとりで往復しているのだからな。……母さんはどう思う？」

「そうね。空気は読めないし、無意識に人の気持ちを煽《あお》るところはあるけれど……王子自身は、悪い人には見えないわ。警戒すべきなのは、王子自身よりも、この契約書の存在を知った、ほかの王族の動向ね」

「契約書が正式なものだけに、改竄《かいざん》は難しいが、解釈をあえて歪《ゆが》めることはできる。……付け込まれそうな部分はあるだろうか」

「強いて言うならば、『危害を加えない』という文言の定義が曖昧だけれど……『本人の同意なしの、滞在の強制を禁じる』とこちらに書いてあるから、よほど拗《ひね》くれた曲解を思いつかない限りは、大丈夫なはずよ。……もっとも、そんなことをするくらいなら、契約書そのものを破棄するでしょうけど」

「そればかりはどうしようもないな。……だが、こちらで保管できる契約書の写しは、二枚ある。母さん達と俺達、それぞれ持っていれば全てを破棄するのは簡単じゃない」

「それなら、いっそ私達の存在を全て消した方が速いものね。……とりあえず私は、護符をつけて写しを保管するわ。ティムシーが保管する分のも、今書いてあげる」

そう言って母様は、いつものようにペンで、紙に特殊な文字を記入し始めた。文字には作成者の力が篭もり、その力が失われるまでの約一日、文字が示す意図のままに、対象を守護してくれる。

「……できたわ。明日まではこれを貼って……効果が切れたら、ディアナに真似して書かせなさい。以前護符の作成は練習したから要領はわかっているはずよ。ほかにも用途別の護符を用意したから、必要な時は同じようになさい」

母様の思いがけない言葉に、目を見開いた。

「……母様。以前私に、護符の作成の才能はないって……」

「……あれは、嘘よ。護符の作成能力は、基本的に遺伝するものだもの。ティムシーに才能がないのは本当だけど、ディアナなら回数を重ねれば、私以上に強力な護符を作れる。……でもね。あなたにそれを知らせるのは嫌だったのよ」

母様は私と同じはしばみ色の瞳を、私に向けた。

「護符を作成できる能力を持つ者は、あなたの力ほどではないけど稀少だわ。……故に大抵は王族や、有力貴族に囲われる。本当は私だって、優しいアシュリナ様の許可がなければ、仕事を辞めることなんてできなかった。……もしあなたが護符を作成できることを人に知られたら、あなたは今まで通り森で平穏に暮らすことはできなくなる。だから、今まで秘密にしていたの」

母様はそこで一度目を伏せて黙り込んだ後、ゆっくり首を横に振った。

「……違うわね。それは言いわけだわ。……私は、本当はきっと、あなたには守られるだけの、小さな子どもで居続けてほしかったの。護符を自力で作成できることを知って……あなたが家を出て、ひとりで生きて行く道を選ぶことを恐れていたのね」

……それは一体、どういう意味なのだろう。

唖然《あぜん》とする私に、母様は自嘲するように笑いかけた。

「ディアナ……あなたは生まれた時から、私の……私達の光だったのよ。あなたがいたから私達は、罪深い過去を、受け入れられたの」

セーヌヴェットを出て、隣国ルシトリアとの国境にあるマーナアルハの森に移り住んだ母様達。

けれど、セーヌヴェットでの出来事は、三人にとって深い深い傷になっていた。

特に幼かったティムシー兄様は、まるで感情を忘れたようになってしまい、実の父であるアルバートの死を聞かされてからずっと、一度も泣かなかったという。

「……ずっと傍にいたのに、幼いティムシーの心を守れなかったことが辛かったわ。アシュリナ様も、アルバートのことも守れなかったのに……アルバートが遺したティムシーすら守れない私が、何故生きているんだろうって、ずっと思っていたの」

感情を表に出すことこそなかったが、それでもティムシー兄様は聞き分けの良い、手間の掛からない子どもだった。そのことが、よけいに母様を追い詰めた。

兄様を産んですぐ亡くなった、兄様の実の母親の代わりに、ずっと母様が兄様を育ててきた。

けれど兄様は、アルバートが亡くなって父様達に引き取られたあとも、ふたりを「おじさま」「おばさま」と呼んで、他人行儀な態度を崩さない。

心の傷をなんとかしたくても、以前よりもさらに心を閉ざしてしまった兄様に、母様はどうすることもできなかったという。

「……そんな時にね。ディアナ。あなたが生まれたの」

母様が妊娠してからも、兄様の態度は変わらないどころか、一層母様と距離を置くようになったらしい。けれども、生まれたばかりの私を、半ば無理やり兄様に見せた時、変化は起きた。

「小さなあなたを前にして、ティムシーは何もできないまま固まっていたわ。だから私がティムシーの手をとって、そっとあなたの手に近づけさせたの。……そしたらね。あなたはにっこり笑って、小さな小さな手で、ティムシーの人差し指をぎゅっと握ったの」

その瞬間、感情を忘れた兄様の目から、涙があふれたのだという。

兄様は、母様の腕の中にいた私ごと、母様に抱きついて、声をあげて泣きながら、感情をぶちまけた。

とうさまをうばった、セーヌヴェットがにくい。

おばさまも、おじさまも、おれに優しいけど、ほんとうのおやじゃない。ほんとうのこどもができたら、きっとはなれていく。

このこは、ずるい。ほんとうの、とうさまとかあさまがいるし、おいかけられるきょうふも、しらない。

きらいだ。だいきらいだ。……そうおもってたのに。

『なのに……なんでこんなに、かわいいいんだろう』……そう言って、ティムシーは泣き続けたのよ」

母様の言葉に、兄様は頬を赤らめた。

「……あまり恥ずかしい話を、ディアナにしないでくれないか。母さん」

「何よ。本当のことでしょう？」

「本当のことだからこそ……自分の未熟さが、恥ずかしい」

「恥ずかしがることじゃないわ。だって、ティムシーはあの時まだ四つだったのだもの。未熟な子どもで当然なのよ」

母様は泣きじゃくる幼い兄様の体を抱き締め返しながら、自分も父様も、兄様を本当の子どものように思っていること。私が生まれても、それは変わらないことを、繰り返し兄様に語ったという。

「私の腕の中で、あなたはティムシーにつられて泣くこともなく、キョトンとした顔で私達のやりとりを聞いていたの。ひとしきり泣いたティムシーは、あやすようにあなたの頬を指で撫《な》でて、こう言ったのよ」

――「かあさま」。おれ、このこをまもりたい。

このこが、なにも、うしなわないように。きょうふを、かんじることがないように。

いつでもわらっていられるように、おれが、しあわせにしたいんだ。

その言葉に救われたのだと、母様は微笑んだ。

「アシュリナ様達が亡くなってなお、私が生かされている意味が、わかった気がした。ディアナと、ディアナを守ろうとするティムシーを、慈《いつく》しみ守り抜くこと。それが、私とダンに与えられた使命だと、そう思えたのよ」

それから、兄様は徐々に母様と父様に、心を開いていった。感情を表に出すようになり、時には年相応の子どもらしい態度をとるようになった兄様の姿は、母様には奇跡のように思えた。

小さな小さな世界で、それでも健やかに育つ私の存在は、母様達にとっては未来への希望だったのだという。

「あなたが、村に行かなくなった時……本当はうれしかったわ。ああ、これで、あなたが人の醜《みにく》さに苦しむことを恐れなくて、済む。誰にも傷つけられないように、守ってあげられる、と思ったの。――その裏で、本当はあなたはずっと、アシュリナ様の記憶に苦しんでいたのにね」

自嘲するようにそう言った母様に、なんて返せばいいのかわからなかった。

秘密にしていたのは私だから、母様が気に病むことじゃない。……でもそんな言葉を口にしても、母様を一層傷つけるだけだろう。

視線をさまよわせる私に、母様は笑って、護符の数々を握らせた。

「……でも、そんな風にあなたを、庇護が必要な幼い娘として扱うのも、昨日で終わりよ。だってあなたは選んだのだもの。この小さな世界を出て、リスクを負ってでも、王女を救う道を選ぶなんて、守られるだけの幼い子どもにはできないわ。……ディアナ。あなたはもう、立派な大人よ。なら、私は母親として、あなたが進む道が、少しでも楽になるようにしないとね」

「母様……」

「……このペンもあげるわ。特別な呪《じゅ》がかかっていて、数百年はインクが切れない、私の生家に代々伝わる逸品なの。これと、書くものがあれば、あなたはいつでも護符を作れるわ。無地の紙も目いっぱい用意したから、一緒に持っていきなさい」

そう言って母様は、いつもチェーンで繋いで首からかけていた美しいペンを、私の首にかけてくれた。感じる重さが、まるで母様の愛情のように思えて、言葉につまる。

「……母さん。俺達が出発した後は、過激派から逃げていた時に使っていたのと同じ護符を、家に貼っておいてくれ」

不意に発せられた兄様の言葉に、母様は目を見開いた。

「でも、ティムシー。それじゃあ、あなた達が……」

「それが一番安全だろう？　俺達のことは、心配しなくていい。叔父さんから口頭で隠れ場所を聞いただけの父さんですら、見つけられたんだ。この森の、この家で育った俺達が、見つけられないはずがない」

兄様は笑って、母様を見つめた。

「姿が見えなかろうが、気配を感じられなかろうが……そこに父さんと母さんがいてくれるなら、俺達は必ず見つけるよ。見つけて、必ずここに帰ってくる。だから、母さん達は、自分達の身の安全を第一に考えていてくれ」

「ティムシー……」

母様は、少し迷った後、頷いた。

「……ティムシー。昨日ダンが、あなたを本当の息子のように思っていると言ったわよね。私も、一緒よ。ディアナが生まれて、あなたが心を開いてくれた、あの時から……ううん。あなたの本当の母親の代わりに、あなたを育てはじめた時からずっと、私はあなたを実の息子のように思ってきたわ」

「知っているよ。母さん。感謝しているし……俺もふたりを、実の親同然だと思っているよ」

「だからこそ……私は。私達は、あなたがどれだけ変貌したとしても、受け入れるわ」

真剣な表情で告げられた母様の言葉に、兄様は息を呑んだ。

「ティムシー。あなたがディアナを守るために、どれだけその手を血に染めたとしても。どれだけ罪を重ねたとしても。……あなたは、私達の息子よ。ディアナと同じように愛し慈《いつく》しんできた、大切な子どもなの。あなたが家族を想う気持ちを失わない限り、私達はどんなあなただって歓迎するわ。……だから、必ずディアナを連れて、私達のもとに戻って来て」

少しの沈黙の後、兄様はまっすぐに母様を見据えて頷いた。

「……無事にディアナを連れて戻ってくるよ。必ず。この家は、いつだって俺の帰る場所だから」

「……うん」

「たとえ……俺がどれほど変わってしまったとしても、その事実と家族を愛する気持ちだけは、ずっと変わらないと、誓うよ」

その言葉に母様は優しく微笑んで、静かに兄様に歩み寄り、その体を抱き締めた。

「……あなた達が、目的を果たして帰ってくる日を、ここでダンと共に、いつまでも待ってるわ。私の愛しい子ども達」


しばらくして、へとへとのシャルル王子と、父様が戻って来た。

書類に家族全員でサインをして写しをそれぞれ保管し、少しの休憩の後、いよいよ出発の時間がやってきた。


「父様、母様……行ってきます」

最後にもう一度、ふたりの体を強く抱き締めて、その頬にキスをする。

「ティムシーも、来なさい」

「父さん……さすがに俺は、キスはしないよ」

「私だって、息子のキスはあまりうれしくない。……ほら、恥ずかしがっていないで、来なさい」

ためらいがちに近づいた兄様の体を、父様は強く抱き締めた。

「……く、苦しいよ。父さん」

「悪い。……あの、痩《や》せっぽちのチビが、こんなに立派になってと思ったら、つい、感慨深くてな」

くつくつと笑いながら、父様は兄様の背中を叩いた。

「……ディアナを頼んだぞ。ティムシー。お前がディアナを連れて無事にここに帰って来るのを、待っているからな」

「……うん。行ってくるよ。父さん」

極力ヒースの負担を減らすために、今回は荷車は使わない。

王子は自身の白馬に、私と兄様はヒースの背中に乗って森の出口を目指す。

父様と母様との別れが名残惜しくて、しばらく進んでから振り返り、息を呑んだ。

「……家が」

生まれ育った懐かしい私達の家が、忽然《こつぜん》と姿を消していた。

ただ広がる森の景色に呆然とする私を落ち着かせるように、兄様は後ろから私の体を抱き締めた。

「……母さんの、護符の力だよ。消えたわけじゃない。見えなくなっただけだ」

「あ……」

「俺達の家は変わらず、あそこにある。……全てが終わったら、必ずふたりで戻って来ような」

兄様の言葉に、頷く。

私達の家。私達の帰る場所。

——目的を果したら、必ずここにふたりで戻ってこよう。

あの優しい、父様と母様のもとに、必ず。

「っ……こんな強力な護符の作り手が、何故こんな森に……？」

白馬を走らせながら、唖然《あぜん》とするシャルル王子を、兄様は冷たく睨んだ。

「詮索はするな。——間違っても、母さんを王宮で囲おうなんて、考えるなよ。ディアナに、妹を救ってほしいのなら」

「っ、そんなことは……」

「あの森の奥で、家族と共に平穏に暮らすこと。それこそが、母さんの……俺達の、唯一にして最も切望する願いなのだから」


森の出口へ向けて、馬を走らせてしばらく経った時だった。

「——王子。馬を止めろ」

不意に兄様がヒースをいなし、鋭い目で王子を見据えた。

「……兄君、どうかしましたか？　まもなく森から出られるのに、こんなところで休憩ですか？」

「あんたの目は、節穴か？　……ディアナ。お前なら、森の違いがわかるだろう」

兄様の言葉に、ハッとして辺りを見渡す。

「……兄様。最近父様達と、ここまで狩りに来た？」

「いいや。普段通りだ。俺と父さんは、森の外側にはほとんど近づかない」

「……なら、この跡は……」

生まれた時からずっと、この森の中で生きてきた。だから、私達は森の変化に敏感だ。足跡や、倒れた草木。点在する「落とし物」等を見れば、そこにどんな動物が来て、どんな行動をしたか大体推測できる。

「……セーヌヴェットの方向から、この森には生息しない種類の馬が、やって来てる。恐らくは……人に飼い慣らされた、野生ではない種の」

「一応隠してはいるが、ほかにも、人がこのあたりにやってきた形跡が見られるな。……シャルル王子。あんたを襲った聖女ユーリアの手先が、どうやら入口で待ち伏せしているようだぞ。致命傷を負わせたことで楽観視してくれると期待したが……残念ながらあんたの死体が見つからなかったことを、それなりに深刻に捉えたみたいだな」

兄様の言葉に、シャルル王子は青ざめた。

「そんな……命からがら逃げるのが精一杯なくらい、奴らは手練《てだ》れでした。このままでは私達は森から抜ける前に殺されてしまう……」

「……まあ、あんたの腕前を考えれば、手練《てだ》れという評価も当てにはならないけどな。……王子。死にかけのあんたを背に乗せて逃げたんだ、その白馬はあんたよりよほど賢い。そいつは必要なら、主以外の奴も背に乗せられるか？」

「あ、ああ。ローデリッヒのことですか。彼はとても賢い馬です。普段は私以外は決して背に乗せませんが、必要な時は自分で見極めます。……最も、ゆだねる相手は、かなり選別しますが」

「なるほどな。なら、しばらくその馬を俺に貸せ」

そう言って兄様はヒースの背中から降りると、自身の荷物をあさって、王子の予備の服を取り出した。

「……俺が着るには幾分小さいが、仕方ない」

「に、兄様？」

兄様は、自身の上着を脱いで、シャルル王子の予備の服を着ると、ヒースの鼻先を撫《な》でた。

「ヒース。……万が一の時は、ディアナをよろしくな。戻るも進むも、お前の判断に任せる」

ヒースは小さくいないないて、シャルル王子に鼻先を向けた。

「……そっちは、まあ、どうでもいい。余裕があれば、ついでに背中に乗せてやれ」

ヒースにそう言い聞かせると、兄様は早足でシャルル王子の白馬、ローデリッヒのもとへ向かった。

「ローデリッヒ。お前の主を助けたいなら、その背中をしばらく俺に貸せ。お前が自らの死も恐れず、俺を導くなら……俺が、お前の主のために道を切り拓《ひら》いてやる」

ローデリッヒは、理知的な瞳で兄様を見て、承諾するように、静かに嗚いた。それを聞いた兄様は目を細めた。

「いい子だ。嗚き方にも気品を感じる。……まあ、それでも俺が、最も信頼する最良の相棒は、あいつだけどな」

当然だと言うように、ヒースが鼻を鳴らす。

「……それじゃあ、シャルル王子、ディアナ。馬を降りて、そこの木のうろに身を隠していてくれ。

ヒースが動くまでは、動かずじっとしてろ」

　言われるままにヒースの背から降り、木のうろへ進みかけたが、嫌な予感がした。

「……兄様は？　兄様も、一緒に隠れるんだよね」

「……俺のことは、心配しなくていい」

　私に笑いかけて、兄様は上着についているフードをかぶり、そのままローデリッヒにまたがった。

　嫌な予感が確信に変わる。

　――兄様は、シャルル王子の身代わりになる気だ。

「っ、兄様！　だめ！」

「シャルル王子。――全部終わって、ヒースが動き出すまで、ディアナを押さえてろ。それぐらいは、あんたでもできるだろ」

「……っはい」

　とっさに兄様のもとに駆け寄ろうとした私の体を、後ろから抱き締めるようにシャルル王子が拘束した。

「――すぐ、終わらせるから。それまで良い子で待っててくれ。ディアナ」

　優しく私に笑いかけて、それだけ言い残すと、兄様はローデリッヒの手綱を握って、駆け出した。

「待って、兄さ……」

「……お静かに、なさってください。ディアナ様」

　遠ざかる背を呼び止めようとする私の口を、シャルル王子がふさいだ。

「あなたの声を聞かれて、身代わりとばれた方が危険です。私の剣が脅威にならないことを、向こうは昨日の一戦で把握しています。敵が兄君を私だと思っていれば、敵は兄君の力量を見誤り、兄君は有利にことを進められます」

「……で、でも」

でも、敵は複数なのだ。

馬の足跡を見る限り、少なく見積もっても、五人は入口で待ち伏せしている計算になる。

そんな中に兄様ひとりで行かせるなんて……！


しばらくして、少し離れた先から悲鳴があがった。続いて、剣を打ち合う音や、争う声が聞こえる。

あの悲鳴は、もしかしたら兄様のものだったのではないだろうか。今頃兄様は、敵に切られて苦しんでいるのではないだろうか。

「行か、なきゃ……手遅れになる前に、兄様の傷を癒さなきゃ……」

兄様を失うかもしれない。そう思ったら、体が震え、目が涙で曇った。

行かないと。もし、兄様が今死にかけていたなら、助けられるのは、私しかいない。

「……だめです」

しかし必死に兄様のもとへ向かおうとする私を、シャルル王子が離さない。

「今、兄君のもとへ行ったら、ディアナ様が危険です。だから、兄君も私にあなたを託したのです。……どうか、兄君の言うことを聞いて、ここでじっとなさっていてください」

「でも……でも！」

兄様が、死ぬかもしれない。そう考えたら、どうしようもなく苦しくて、涙が溢れて止まらなかった。アルバートの最期の姿が、兄様のそれとかぶる。

嫌だ。嫌だ。失いたくない。

兄様を、失いたくない……！

遠くから、いくつもの悲鳴があがった。次の瞬間だった。

「っ」

木のうろで震える私達の傍らを、数頭の馬が走って行った。その背に人影はない。

それを合図にしたかのように、それまで私を隠すように佇んでいたヒースが、駆け出した。

「ヒース！　待って！」

今度はシャルル王子も、私を止めることはなかった。

シャルル王子とふたりで駆け出しながら、ヒースの背中を追う。

兄様。兄様。兄様。

お願い。無事でいて……！


「――やっぱり、獣も人間も、大して変わらないな」

ヒースが足を止めた先に広がる赤に、息を呑んだ。

赤い。赤い。

倒れ臥《ふ》す死体から流れる赤で、地面が赤く染まってる。

「それが必要なことなら……さして罪悪感も湧かない」

――その中央で血まみれの剣を持って佇む、兄様。

「兄様！　血が、血が！」

あわてて駆け寄る私に、兄様はいつかと同じように笑いかけた。

「落ち着け、ディアナ。これは返り血だ。……ハーフセラ熊の時と、何も変わりやしない」

シャルル王子は倒れ臥《ふ》す敵の兵士達をまじまじと観察しながら、感嘆のため息をついた。

「……すごい。どの死体も、一太刀《ひとたち》で絶命させている」

「手負いの獣が厄介なのは、狩人の常識だ。苦しませることなく短時間で仕留めてこそ、優秀な狩人だ」

淡々とそう口にすると、兄様は血まみれの上着を脱いで、その裏側で剣を拭った。

「残念ながらこの上着は、もうだめだ。このまま捨ててくぞ」

「あ……はい」

「あんたの白馬も、俺も大概血まみれだな。森を出たところに湖があるから、後で寄らせろ。水浴びがしたい」

兄様とシャルル王子が話している間、私の視線は横たわる死体の数々に釘付けになっていた。

……この人達は、もう生きてはいない。兄様が、私達を守るために、この人達を殺したのだ。

そう思ったら、口の中がどうしようもなく渇いた。

「……ディアナ。さっきのシャルル王子の話を聞いていたか」

不意に、兄様の声が聞こえ、びくりと体が跳ねた。

「死んでるよ。……お前の力でも、もうどうしようもない。だから、諦めろ」

無意識のうちに、癒しの力を行使しようとしていたことに気がついて、ハッと手を下ろす。

私の力をもってしても、死者を生き返らせることはできない。――ここに倒れている人の死は、もう、決して覆《くつがえ》せないのだ。

「……いやあ、ディアナ様。兄君はお強いですね！　おかげで安全に、王宮までたどり着けそうです。助かりました」

「……」

「ディアナ様？　どうかされました？」

シャルル王子の言葉を聞き流しながら、絶命して倒れ臥《ふ》す人々の姿を、その苦悶《くもん》の表情を、脳裏に刻みつける。

「……何でもありません。これだけたくさんの人を相手にして、兄様が無事でよかったと安堵しているだけです」

自分の選択の結果を。その末に、兄様に負わせてしまったものを。

私は、決して忘れない。

「水浴びはしたが、まだ血なまぐさい気がするな。王子もいるし、顔見知りが多いリーテ村では宿をとりたくない。これ以上変な噂が流れたら、今後の生活に支障が出るからな。到着は夜になるが、次のチサアヌ村まで、馬を走らせるぞ」

◆　◆　◆

その後、チサアヌ村までは問題はなく、夜の帳《とばり》が落ちた頃、村に到着することができた。

問題は、村で唯一の宿にたどり着いてからだった。

「……部屋が二部屋しか空いていない？」

「はい。今日は村で収穫祭があったので、外部からのお客様も多くて。……空いている部屋も、ベッドがひとつ入るのが精一杯の狭い部屋しかないので、三人で泊まられるなら、どなたかふたりに同じベッドに寝てもらうことになります」

申し訳なさそうに告げる、女主人の言葉に、兄様は眉間に皺《しわ》を寄せながら、私と王子を見やった。

「……と、いうことらしいが」

「部屋が空いてないなら、仕方ありませんね」

シャルル王子は、神妙な表情で頷いた。

「年若い女性であるディアナ様とご一緒するわけにはいきません……。ここは、私と兄君が、同室に……」

「……というわけだから、ディアナ。俺と一緒のベッドでも構わないな」

「うん。もちろん」

「な……いくら兄妹とはいえ、それは……」

シャルル王子の抗議に、兄様は眉間の皺《しわ》を一層深めた。

「あんたと俺の体格で、ひとつのベッドに寝られるはずがないだろ。言っておくが俺は、あんたのために床で寝るのはごめんだからな。……そもそも兄妹で一緒に寝て、何が悪い。あんたは妹を同じベッドで寝かしつけたことはないのか」

「それは……あの時はまだ、ミーシャは幼かったから……」

ひとり納得できない様子でぶつぶつ呟いているシャルル王子を無視して、兄様とふたりで部屋に向かった。

「……あ、すごい。ベッド、ふかふかだ」

部屋に入るなり、そのまま勢いよくベッドに身を投げ出す。きちんとベッドメイキングされた布団は柔らかく、寝転がると太陽の香りがした。どうやら店の人は、日中にたっぷり、布団を日に当ててくれたようだ。

ベッドは女主人の言うようにひとり用だったが、思っていた以上に幅があり、これならふたり並んで寝ても、問題はなさそうだ。

「……兄様と、こうやって並んで寝るのは、久しぶりだね」

枕に顔を埋《うず》めながらそう言うと、兄様は笑ってベッドの縁《ふち》に腰をかけた。

「そうだな。……少し前までは、お前が悪夢を見る度、こうして一緒に寝てたけどね」

「……最近はもう、ほとんど悪夢を見なくなってるからね」

——嘘だ。本当は今でも、時々悪夢にうなされている。

私がアシュリナだった頃に体験した、最期の日の出来事は、時おり悪夢として現れる。

ただ……そのことで兄様にすがることが少なくなっただけだ。

兄様に、迷惑をかけたくなかったから。私の事情に、これ以上、兄様を巻き込みたくなかったから。悪夢を見ても、じっと耐え、朝が来るまで待ち続けるようになった。

それなのに——結局今、兄様を巻き込んでしまっている。兄様に、殺人という重い罪を犯させてまで。

「……ディアナ。こっちをむけ」

促されるままに体勢を変えると、ひどく険《けわ》しい表情で見つめる兄様が見えた。兄様が私の顔の横に手をついた途端、ベッドがぎしりときしんだ。

「……俺が怖いか。ディアナ」

私を上から見下ろしながら、兄様は問う。

「何故……私が兄様を怖がると思うの？」

「俺は……あれだけ人を殺しても、本当に何も感じなかった。罪悪感も、恐怖も、何も。普段獣を殺しているのと変わらなかった。……今も、俺は後悔すらしていない」

そこで兄様は、言いよどむように、言葉を切った。

「……父さんに、俺が、極力人を殺すつもりはないと言ったのを覚えているか」

「……うん」

「あれは……嘘だ。本当はあの時点で、俺は追っ手をひとりも生かしておく気はなかった」

衝撃の告白に、思わず息を呑んだ。

「生かしておいたら……森に残って、父さんと母さんに危害を及ぼすかもしれないと思った。そうじゃなくても、生かそうと加減をすれば、それだけディアナを危険にさらすことになる」

「……うん」

「だから、俺は全くためらわなかったよ。追っ手に家族がいようが、命令されて仕方なく行ったことだったとしても、関係がない。俺の家族を傷つけるかもしれない時点で、敵だ。そう思って、剣を振るった」

「……うん」

「今も、その選択は間違っていないと思う。……だけど……」

兄様は、ベッドについた手と反対の手で、そっと私の頬を撫《な》でた。

「……大切な者を守るため、人を殺すことは、怖くない。……だけど、ディアナ。……俺は、人を殺したことで、お前に嫌われるのが怖い」

「兄、様……」

「ディアナ。……出掛ける前に、母さんが話したことを、覚えているか？」

唐突に話が変わり、目を見開いた。

「おぼろげだけど……それでも俺は、お前と初めて会ったあの日のことを、ちゃんと覚えているよ。生まれたばかりのお前が、小さな小さな手で、俺の人差し指を握った感触を、今でも思い出せる」

「……兄様」

「守りたいって、心から思った。……お前の理不尽な運命を知って、その気持ちはもっと強くなった。……きっと、俺はお前を守るために生まれて来たんだって……お前を守るためなら、俺は何だってするって……ずっとそう思ってきた」

兄様の声は、震えていた。まるで、泣いているかのように。

「ディアナ……お前も父さんと母さんと同じように、俺がどれほど変わったとしても、俺のことを兄と呼び続けてくれるか？　……俺は……これからもずっと、お前の家族でいても良いのか」

唐突な兄様の問いかけに、目を見開いた。

「……私が、兄様を家族じゃないなんて、思うわけないよ。兄様を嫌いになるなんて、あり得ない」

兄様が、人を殺したのは、もともとは全て私のせいなのに、そんな風に思うはずがない。

下からそっと手を伸ばし、兄様の頬を両手で挟み込む。触れた頬は温かくて、生きてる人のぬくもりがした。

「家族のために、非情になれる兄様は、怖くないよ。私は……私が怖い。大切なもののためなら、いくらでも非情になれるのに……いざ、人が傷ついているのをみると、助けたいと思ってしまう、中途半端な自分が怖いの」

血まみれの死体の中に立ちすくむ兄様を見た時。兄様の血が、全て返り血だと知った時。

湧き上がったのは、安堵の気持ちだった。

……ああ、傷ついたのは、兄様じゃなかった。

兄様は、無事だった。死んでいるのは、兄様じゃない。赤の他人だ。

ああ――本当によかった。

倒れている兵士への同情なんて、あの瞬間はみじんも湧かなかった。ただただ、兄様が無事で生きていることが、うれしかった。

それなのに――倒れ臥《ふ》す死体を直視した瞬間、体が勝手に彼らを癒そうとしていた。

「兄様……アシュリナはね。記憶を持つ私がこんな風に言うのも変だけど……本当に【聖女】だったんだと思うの。アシュリナは、自分に関わる人を皆、愛し慈《いつく》しんでいたけど……彼女は極力、【特別】を作らないようにしてた。彼女は癒しの力を求める人には、平等に与えて、それがルイス王のように自分を憎む人だって、請われれば惜しまなかった。アシュリナはそれが、自分の責務だと思ってたんだ」

アシュリナが経験したことも、彼女が感じていたことも、私は鮮明に思い出せる。

だけど……彼女はやっぱり、私じゃない。私は、彼女のようにはなれない。

「でも、私は、アシュリナのように、思うことはできないんだ。ずっと彼女を支え続けていた信念よりも、彼女が最期に感じた苦しみと絶望の方が、私の中では強く響いている。……私にとっては、家族が、赤の他人なんかより、ずっと特別なの」

それなのに――体内に宿る、アシュリナから引き継いだ力は、私を聖女にしようとする。

ミーシャ王女を助けると決めた時から抱いていた違和感が、兄様が命の危険にさらされたことで、明確になった。

私はきっと……自分が望もうが、望まなかろうが、苦しむ誰かの存在を知ったら、「救わずにはいられない」のだ。

体内で渦巻く力が、いつか聞いたあの声が、……そしてかつてのアシュリナの信念が、私に傷つき苦しむ人々を癒すことを強要する。

救え。癒せ。使命を果たせ。

そう言って、私の体を無理やり突き動かす。

「……怖いよ。兄様。私は、聖女なんかじゃないのに。――いつか聖女としての役割を果たすために、体が勝手に、兄様を切り捨ててしまいそうで、怖い」

より多くの人を救うかわりに、兄様の犠牲が必要になったら……そう思ったら、体が震えた。

「私を聖女にしようとする何かに、私の意思が呑み込まれてしまいそうで、怖いの……！」

私は、「ディアナ」は、どれだけ多くの人の命を引き換えにしたとしても、きっと兄様を選ぶのに。赤の他人なんかよりも、兄様に生きていてほしいのに。きっと「聖女」の私は、それを許さないのだろう。

何故神様は私に、二度もこんな力を授けたのだろう。死んだはずのアシュリナの記憶を、再び思い出させてまで、私に使命を強要するのだろう。

神が望む「聖女」の心を持っていたであろう、アシュリナは失敗したのに。清く正しく生きた彼女は、その生き方故に疎《うと》まれ、使命を果たす前に殺されたのに。

それなのに——もはやかつてのように正しく生きられない「私」に、何故再び、過ちを繰り返させようとするのだろう。

「……そんなことを、怖がらなくていい。ディアナ。そんな未来は、俺が来させないから」

こつりと額同士をぶつけながら、兄様はささやいた。

「お前に、そんな選択をさせるような足手纏《あしでまと》いには、俺は決してならないよ。どんな時でも——進む道を選ぶのは、俺自身だ。お前が何かに強要されて、望む道を選べなくなるかもしれないというのなら……その分も、俺が選ぶよ。たとえお前の言葉に逆らうことになったとしても。俺は、俺とディアナが幸福になれる道を選んで、無理やりでもお前を連れて行くよ。……だから、そんな心配はしなくていい」

兄様の言葉は、あまりに私にとって都合のいいものだった。

「心配……しなくていいの？」

「ああ。しなくていいよ。……それともディアナは俺を信じられないか？」

「信じてるよ……信じているけど」

「なら、いいだろう。全部俺に任せておけ。俺がきっと導いてやる」

甘えていいのだろうか。すがっても、許されるのだろうか。

わからない。わからないけど……今はただ、兄様の言葉が、胸に染みた。

「ディアナは神には逆らえなくても、俺は必要なら神にすら剣を向けてみせるから」

人知が及ばない、絶対的なものに支配されている私にとって、そう言いきる兄様は、あまりに眩《まぶ》しかった。

「……ありがとう、兄様」

自然と漏れた感謝の言葉に、兄様は切なげに微笑んだ。

「……俺こそ。俺を、否定しないでくれて、ありがとうな。ディアナ。お前が俺を受け入れてくれるから、俺は揺るがずにいられる」

そう言って兄様は、私の額にそっと口づけを落とした。

「……それじゃあ、おやすみ。ディアナ。俺はそこの床で寝るから、体を伸ばしてゆっくり休むといい」

そのままベッドから立ち上がった兄様を、あわてて引き止める。

「えっ……兄様、床で寝る気はないって、さっき……」

「『王子のために』床で寝てやる気はないって言ったんだ。お前のためなら、それくらい喜んで譲る」

そんな……。確かに床には人ひとり分横になるスペースはあるけど、それにしたって狭すぎる。それに床は固い。王宮までは、明日も半日以上馬を走らせないといけないのに、こんなところで寝たら疲れなどとれないだろう。

「そんなこと言わないで……一緒に寝ようよ。兄様。昔みたいに、兄様と体を寄せ合って、隣で寝たいよ」

両手を広げて兄様を呼ぶと、兄様は呆れたようにため息を吐いた。

「……怖がられなかったのはいいが、こういった意味では、怖がってほしかったな」

「？　どういう意味」

「いいよ。お前は理解しなくて。……血縁関係なしに兄だと慕われてうれしい反面、全く意識されないことも複雑な男心なんて」

独り言のように小さく言い足して、兄様は自分の荷物を枕にして、そのまま床に寝転がった。

「だから、兄様！」

「俺は床で寝るのが好きなんだから、気にするなよ。……全く。俺の理性にあまり期待してくれるなよ」

ぶつぶつ言いながら、兄様は部屋の灯りを消した。

「おやすみ。ねんねさん。……いい夢を」

それだけ言うと、兄様は私から背を向けて完全に寝る体勢に入ってしまった。

「……おやすみ。兄様」

説得を諦めた私は、結局兄様の厚意に甘えて、ベッドを占領したまま眠りについたのだった。

◆　◆　◆

「おはようございます。ディアナ様！　兄君！　……っとととと。……えーと。その。昨夜はよく眠れましたか？」

「……ええ。まあ……」

「……あんたのおかげで、最悪な寝醒《ねざ》めになったけどな」

「……ごめんなさい。昨日あれほど嫌がっていた兄君が、まさか床に寝ているとは思わなかったんです。……でも、ちゃんと休めたならよかった。この村からなら王都は、早めに出発すれば、日暮れには到着します。朝ご飯を食べたら、すぐ出発しましょう。……構いません、よね？」

夜が明けるなり部屋に押しかけてきたシャルル王子を前に、私と兄様は、寝起きの顔をつき合わせた。私達の気分を害さないようにか、あくまで「提案」の形ではあったが、取《と》り繕《つくろ》ったような笑みを浮かべる王子の顔には、焦燥がにじんでいた。

……追っ手の存在がなくなったことで、病の妹さんに対する心配が、強くなったのだろう。

それだけ、妹さんは一刻を争う状況なのだろうか。

「……ああ。構わないぞ」

床に寝ていたため、危うくシャルル王子に踏みつぶされそうに兄様は、不機嫌そうに頭をかきながら、その場であぐらをかいた。シャルル王子の顔が、花が咲いたようにぱあっと輝く。

「本当ですか！　それじゃあ、すぐに朝食を……」

「――だが、あらかじめ言っておく。王都についたら、俺達は別行動をするからな。到着し次第、すぐに王女のもとになんて、不可能だ。まず王宮には、あんただけで向かえ」

兄様の言葉に、シャルル王子の笑みがぴしりと凍りついた。

「……それは、どういう……」

「ない脳みそを振り絞って、よく考えろ。俺達が、そのままあんたについていったら、予言を知る者に出会った時点で、ディアナは『聖女』認定されるだろう。ディアナが救うことを約束したのは、あくまであんたの妹だけだ。あんたの周りの人間に、ディアナが利用価値があると、思わせるわけにはいかないんだよ」

「それは……言われてみれば、その通りですが……」

気が急くあまりに、すっかりそのことを失念していたらしい王子に、兄様が深々とため息を吐く。

「……あんたがいろいろ考えたところで、俺達には不都合な事態にしかならなそうだから、今から俺があんたに策を授けてやる」

そう言って、兄様は人差し指を立てた。

「まず、王都に到着し次第、俺とディアナは宿を探しに行く。その間、あんたは王宮に帰還の報告に行け。その際まず間違いなく予言について聞かれるだろうから、その時は、『森に入る前にセーヌヴェットの手先らしき賊の襲撃に遭い、危うく命を落としそうになった。倒れた自分を救い、介抱してくれた人がいたが、意識が朦朧《もうろう》としていたので姿をよく覚えていない。目が醒《さ》めた時には、傷は癒えていたが、聖女らしき人も消えていた』とでも言っておくといい」

「あ……はい！」

どこからかペンと紙を取り出し、あわててメモをし始めたシャルル王子を、兄様は冷めた瞳で見据えた。

「昨日言っていたように、襲撃者の死体の処理を部下にさせたいのなら、俺の名前を出しても構わない。目を醒《さ》まして、ローデリッヒと共に森に逃げ込んだ際、狩人の俺に出会って、森を出るまで護衛を頼んだことにすればいい。もし、何かしらの証言が必要なら、最悪俺も出向く。だがくれぐれも、俺以外の名は出すな」

「……はい。わかりました。それで、ミーシャのことは……」

「夜中にどこかで、待ち合わせしよう。間違っても、王子丸出しの格好では来るなよ。俺の服をそのまま預けておくから、それを着ろ。……そこから後は、誰にもばれずに、王女とディアナが面会できる方法を、あんたが考えておけ」

「……それに関しては、策はくださらないのですね」

「一介の狩人に過ぎない俺が、城の仕組みなぞ知るわけないだろ。不安でも何でも、そこはあんたに任せるしかない。……話は以上だ。理解したら、一旦ここから出て自分の部屋で待ってろ。あんたは準備万端かもしれないが、俺とディアナは寝起きなんだよ。まだ何の準備もできてやしない」

「あ……そうですよね。先走って申し訳ありませんでした」

シャルル王子が何度も頭を下げて出ていくなり、兄様は舌打ちを漏らした。

「……あの王子。本当にアホなのか、アホを装っているのか、わからないな。ディアナ、あんまり、あいつを信用するなよ。裏で何を考えてるか、怪しいぞ」

思いがけない兄様の言葉に、目を見開く。

「いきなり部屋に押しかけてきて、びっくりしたけれど……妹さんのことで必死になっているだけで、悪い人ではないと思うよ？」

「悪い奴とか、良い奴とか、そういう問題じゃない。実際俺達は何だかんだで、あいつの利益になる行動を続けているだろう。今も、結局あいつの言う通りに早く出立してやろうとしているし、あいつの妹のための計画も、こちらからお膳立てしてやっている。——意識的か無意識かはわからないが、そうやって動かされていること自体が、気持ち悪いんだ。あいつが王族だから、なおさら」

兄様の言葉は、私にはピンと来なかった。

……シャルル王子がそこまで深く考えているようには、思えないけれどな。

王子然とした方だけど、残念な部分もあるので、周囲が放っとけないだけじゃないかな。兄様は、何だかんだ言って、面倒見がいいから。……兄様と並んでいると、シャルル王子が弟みたいに見える時があるし。

「——言っておくが、ディアナ。あれ、無意識でやっているなら、よけいに性質《たち》が悪いからな」

そんな私の気持ちを見透かしたかのように、兄様が釘を刺した。

「無意識でやっているということは、本人すらどうなるかわかってないで行動しているということだ。無意識の内に、周囲や、運命をも味方にしているというなら……王子の意思に関係なく、あいつの周囲は俺達の敵になり得るわけだ。悪意で動く人間よりも、『善意』に従って暴走する人間の方が厄介なのは……アシュリナの記憶があるお前なら、身に染みてわかっているだろう」

「っ……」

兄様の言葉に、思わず息を呑んだ。

『魔女を殺せ！』

『災厄の魔女を、焼き殺せ！』

『――全ては、祖国セーヌヴェットのため。私達の子どものために！』

……そうだ。私は知っている。

根が善良で、悪意がないからと言って、その行動が必ずしも正しいとは限らないことを。

誰かの「正義」が、必ずしも私の「正義」とは一致しないことを……私は、誰よりも知っている。

「どこまであいつが、意図しているかわからないがな。このままなら下手したら、『不可抗力』でお前は、なし崩しに聖女にされるぞ。契約はあくまで、契約者本人だけを縛《しば》るもの。周囲が勝手に動き回る分は、制御できない」

「それ……は……」

「忘れるな。ディアナ。お前が今から向かうのは、そういう世界だ。家族だけで完結する、あの森の小さな家じゃない。……俺ですら、接したことがないくらい多くの人間が、それぞれの思惑をもって勝手に動き回る世界だ。油断したら――頭から食われるぞ。骨すら、残ることなく」

兄様の言葉に、ぞくりと肌が粟立《あわだ》った。

それは「ディアナ」である私には、完全に未知の世界であり……かつて「アシュリナ」だった私が、目を逸らし続けた世界でもあった。

アシュリナは、人の善意を信じていた。

正しいことを、正しい意思を持ってやり続ければ、それで世界は救われるのだと。自分を厭《いと》う人々も、いつかはきっと「正しい道」を受け入れてくれるのだと。死の直前まで、盲目的に信じていた。

人は、愛しい。人は、誰もが、本当は善良なのだ。

だから、大丈夫。

いつかきっと……必ず、私を受け入れて、世界のためにこの力を使わせてくれるはずだ。

今の私には、正気とは思えない言葉の数々が脳裏を過《よぎ》り、唇を噛み締めた。

人は、恐ろしい。人は、誰もが、自らの大切なもののためなら悪魔になれる。

だから、怖い。

望まずにアシュリナから受け継いだこの力を、王女のために使うことは、本当は怖くて仕方ない。

「――それでも……決めたことだから……」

愛しい小さな世界を出て、世界に足を踏み出すと決めたのは、私自身だから。

「……うん。兄様の言う通りだ。だから、気をつけるよ。……流されないように。感情だけで動かないように。シャルル王子も含めた、他人の言葉や、私自身の内から湧き上がる声に惑わされずに、私が何を成すべきか、ちゃんと自分で考えて動くように意識する」

……大丈夫。もう、私はアシュリナじゃない。

「……兄様も、それを手助けしてくれるのでしょう」

私には、誰よりも頼もしい兄様が、ついていてくれるから。

「……ああ。当たり前だ。俺が隣にいる限り、王子なんぞにお前を好き勝手させやしないさ」

私の言葉に、兄様は優しく微笑んだ。

「それじゃあ、準備して行くぞ。ディアナ。……長く待たせ過ぎて、王子が暴走したら困る」

村から、王都へ向かう道中はあまり会話はなかった。

シャルル王子は、考え込むように黙り込んでいたし、兄様も必要な指示を口にするだけで、会話をしようとはしなかった。

「――見えました！　王都です！」

そして夕刻。

日が落ちきる前に、ついに王都に到着した。

第四章　王都

「――おい、ちょっと待て。あの門の前の列。……もしかして王都に入るには、手形か何かが必要なのか」

　低い声で発せられた兄様の問いに、シャルル王子はあわてて首を横に振った。

「あ……いえ、違います。手形が必要なのは、王都での商売を考えている、外部の商人だけで。商用じゃない方には、門をくぐる際に、あそこにいる門兵が、簡単な検問を行うだけです。門兵に目をつけられなければ、問題はありませんよ」

「……どっちにしろ、問題大ありだ！　くそっ……近隣の村までしか行ったことがなかったから、完全に検問の可能性を失念していた……」

「……兄様、どうしたの？」

　遠くに見える、王都に入ろうとする人の列を睨みつける兄様は、私の問いかけに答えることなく舌打ちをした。

「糞《くそ》王子……あんた、この可能性も全て計算してやがったのか？」

「え……と。すみません。兄君。私には、兄君が何を心配なさっているのか、さっぱり……。ああ、でも心配なさらないでください。何かあったとしても、門兵は私の顔を知っています。共に王都に入って、私が事情を説明すれば、なんとでも……」

「あんたの同行者だと門兵に思われたくないから、言っているんだよ。糞《くそ》ったれ」

兄様は不機嫌を露《あら》わに頭をかくと、ひどく嫌そうな表情で、腰にさしていた剣を鞘《さや》ごと王子にさし出した。

「――ほら。俺の本当の父親の形見の【黎明《れいめい》】だ。これを持って、あんたは先に王都に入れ」

「兄様!?」

兄様の剣【黎明《れいめい》】は、アルバートの形見。外に出る時は、いつも肌身離さず持っていたそれを、シャルル王子に預けるなんてどういうことだろう。

シャルル王子は驚いたように目を見開き、眉を下げて笑った。

「そんな大切な物、預かれません……と言いたいところですが、そうですね。共に王都に入らないのなら、私がしばらく預かっていた方がよさそうです」

「よく言う。……本当は最初から、俺の剣をカタにする気でいたのだろう。別行動している間に、俺達の気が変わって、姿を消すことを防ぐために」

「兄君は、私を買いかぶり過ぎです。私は、とっさにそんなことを考えられるほど、賢くありませんよ」

シャルル王子は、恭《うやうや》しい手つきで【黎明《れいめい》】を受け取ると、そのまま自分の腰につけた。

「ご安心ください。兄君。傷ひとつ、曇りひとつつけることなく、【黎明《れいめい》】はお返ししますよ。そうですね……月が真上に昇った頃に、北の大聖堂で待ち合わせいたしましょう。誰にも知られずに、ミーシャと会う方法を手配して、大聖堂の入り口でお待ちしてます」

それだけ言うと、シャルル王子はローデリッヒを走らせて、門へ向かった。

その背中を、兄様は忌々《いまいま》しげに睨みつける。

「……やっぱり、油断がならない奴だ」

「兄様。どうして兄様は、大切な剣をシャルル王子に預けたりしたの？」

状況が呑み込めないでいる私の問いかけに、兄様は深々とため息を吐いた。

【黎明《れいめい》】は、名の知れたセーヌヴェットの剣で——王子は、それを知っていたんだよ」

「何故、それがシャルル王子に剣を預ける理由になるの？」

「セーヌヴェットと、ルシトリア王国の関係は、決して良好とは言い難い。加えて、シャルル王子がミーシャ王女を救うために単身でセーヌヴェットに向かったことは、リーテ村の住人ですら知っている。……そんな中で、王子が帰還したのと同時期に、セーヌヴェット由来の剣を持った素性《すじょう》不明な男がやって来るんだ。取り調べは避けられないだろう」

「……あ」

考えてみれば、兄様の言う通りだ。もちろん、取り調べられたところで、罪を犯してはいない兄様はいずれ釈放される。——だが、私達は要注意人物として、ルシトリア王国の記録に残ることになる。

「シャルル王子が契約を守ることが前提になるが。ディアナが聖女に祭りあげられずに王都を出るには、俺とディアナは極力目立たないように行動する必要がある。だから、【黎明《れいめい》】は極力外から見えないようにしておくつもりだったんだが……その程度じゃ門兵の目を誤魔化《ごまか》すのは、まず不可能だ」

「……私は、剣のことは全然わからないけど……兄様の剣って、そんなに特徴あるかな？　よほど詳しい人が見なくちゃ、わからないんじゃないかな？」

「正直言えば、俺もそう思っていた。俺は、【黎明《れいめい》】と、父さんの剣である【勇猛】以外の剣をよく知らないからな。――だが、王子は、俺がわずかに剣を振るっただけで、俺の剣を【黎明《れいめい》】だと断言した」

『さすがですね。父君。――セーヌヴェットの名剣【黎明《れいめい》】を、息子さんに与えているだけあって、剣にお詳しい』

『セーヌヴェットの、とある剣の名家に伝わる兄弟剣のひとつですよ、聖女様。もっともそちらは、同じ剣の名家でも、作り手であるハプシュートと違い、使い手の一族でありますが。兄弟剣【勇猛】は、一族の後継者となる長兄に。【黎明《れいめい》】は、その弟に授けられたと聞いておりましたが。……まさか、巡り巡って聖女様の兄君が、持ってらっしゃったとは』

いつかの、シャルル王子の言葉が脳裏を過《よぎ》る。……そうだ、あの時王子は、兄様の剣を即座に言い当てた。兄様が剣を抜いたのは、少しの時間だったのに。

「あの王子が異様に剣に詳しいだけという可能性もある。だが、それを信じて、剣を没収されかねないリスクを負うことはできない。……それらを全部わかっていてやっているのなら、本当にあの王子は厄介だぞ。契約の穴を狙って、第三者をそれとなく誘導する可能性が高い」

兄様の言葉に、口内に湧き上がった唾を呑み込んだ。

シャルル王子は、全て計算して動いているのだろうか。それとも全て、他意なく動いた結果なのだろうか。……いいえ、兄様の言う通り、どちらにしろ同じことだ。

一時的にといえども、兄様が大切にしていた【黎明《れいめい》】を失ったことに変わりはないのだから。

「……ごめんなさい。兄様。私が王女を治したいと言ったせいで、アルバートの形見が……」

「謝るな、ディアナ。検問の可能性を失念していたのは、俺の無知さ故だ。ただの村ならともかく、都に近づくほど警備が重くなることを、俺は考えておくべきだった。……つくづく、あの小さな世界だけで完結していた、自分の考えの甘さが嫌になる」

「そんなこと言ったら……私は近隣の村のことすら、全然知らないよ。アシュリナの記憶を思い出して以来ずっと、一番近くのリーテ村にすら、こないだまで足を運んでいなかったのだもの」

兄様の考えが甘いというならば、私はもっと甘い。……ううん、そうじゃない。大切に守ってくれる家族にそれだけ甘えていたのだと、今更ながら思い知らされる。

ディアナとして生を受けて、十六年以上経つのに、私はこの国のことをほとんど知らない。

アシュリナとして生きた知識を合わせてもなお、私は知らないことが多過ぎる。

自分を守るばかりで、家に引きこもっていた、この十数年間が、ひたすら悔やまれる。

「過ぎたことを、後悔しても仕方ない。これは俺の直感だが……シャルル王子は腹が読めず扱いにくい相手ではあるが、一度約束したことは、自身の矜持《きょうじ》に懸けて貫く奴だと思っている。その約束に、付け込む隙がない限りは、な。ああ言ったからには、あいつは必ず今日の夜に【黎明《れいめい》】を持って大聖堂に現れるだろう。――だから、今は、【黎明《れいめい》】のことは一旦忘れて、とりあえず目の前の検問に集中しよう」

　そう言って兄様は、王子が向かった列の先を睨んだ。

「――シャルル王子の後ろに、何組か来たら、俺達も列に続く。向こうに有益な情報を残さないために、経歴を偽《いつわ》るつもりでいるから、ディアナも適当に俺に合わせてくれ」

　シャルル王子が並んだ後、二組ほど人がやって来たタイミングを見計って、兄様は列に向かった。

「もう少し、離れなくても大丈夫だった？」

「あまり離れていると、今度は王子の動きがわからなくなる。この距離なら会話まではわからなくても、門兵の反応くらいなら見えるだろう」

　兄様は、少し遠くにいる王子の動向を盗み見ながらささやいた。

　検問は問題なく進み、王子の順番が来た。すぐに彼の正体に気づいたらしい門兵が、一瞬動揺しているのがわかったが、騒ぎ立てるでもなく、そのまま二、三会話をして、中に通していた。

「……特別怪しい動きはしてなさそうだな。会話が聞こえないから、なんとも言えないが」

「でも前の人は、持って来た剣を渡していたけど、シャルル王子は何もしてなかったね」

「検問とは言え、王家の紋章が入ったものに、一門兵がみだりに触れるわけにはいかないからだろうな。もっとも、件《くだん》の小剣は、父さんが預かっているわけだが……。そろそろ俺達の番だな」

　前の組の検問が終わったのを見て、そのままヒースを引いて門兵のもとに向かう。

「次は……男女ひとりずつと、馬一匹か。君達は王都は初めてかい？」

立派な体格をしていて、遠目には怖そうに見えた門兵さんは、思いのほか穏やかな口調でそう尋ねた。

「はい。だから、検問のことはよくわからなくて……馬は、王都に連れて入っても大丈夫なのですか？」

「ちゃんと管理してくれれば問題ないけど、美観と衛生のため、馬糞《ばふん》をそのまま放置すると罰則があるから気をつけて。王都内のあちこちに堆肥《たいひ》用の回収場所があるから、袋に溜めて持っていくようにしてくれ」

「……だとよ。ヒース。俺が見ていないとこで、勝手に垂れ流すなよ。おっと」

そんなことはしないと抗議するように、兄様の手に噛みつこうとしたヒースと、それをいつものように避ける兄様。それを見て門兵さんは、楽しげに笑った。

「馬と仲が良いんだな。俺も長年の相棒がいるから、よくわかるよ。……それじゃあ、それぞれの名前と、どこから来たか教えてくれるかな？」

「俺は、レイ。こいつは、アンナ。リーテ村から来ました」

「レイと、アンナね。……ふたりは、兄妹？　ご夫婦？」

「夫婦です。先月、結婚したばかりで。甲斐性がない恋人だったもので、今までなかなか遠出させてやることができなかったのですが、結婚したのを機に、アンナがずっと憧れていた王都を見せてやりたいと思って。……な、アンナ？」

「……うん。一度お城を、どうしても見てみたくて」

……すごい。兄様。まるで本当のことみたいに、すらすら嘘をついている。私も、うまく兄様の奥さんのふりをしないと。

「なるほどね。……でもせっかく観光に来るなら、秋の収穫祭の時期の方がよかったんじゃないかい？　こんな何もないタイミングで来なくても」

予想外の質問に、思わず焦った表情をしそうになり、あわてて平静なふりをする。

……これはもしかして、怪しまれている？　それとも単なる世間話？

兄様はなんて反応するのだろうかと、固唾《かたず》を呑んで見守ったが、兄様は動揺する素振りも見せずに笑った。

「本当は、俺も特別な祭典の時に、連れて来てやりたかったんですけどね。……ただ、その頃にはアンナは外出が難しくなっているだろうから……」

「奥さんは体調か何か悪いのかい？」

「そうじゃなくて……」

兄様はちらりと私の方を見ると、どこか照れくさそうな、それでいて慈愛に満ちた表情で、頬をかいた。

「その時には……腹が重くて、王都に来るのは難しいかな、と」

「……ああ、奥さんはおめでたなのか！」

「まだはっきりそうと決まったわけじゃないんですけど、その可能性が高いと言われまして。……

子どもができたら、なかなかこうしてふたりで旅行には来れなくなるでしょうから、あわてて休みを作って、すっとんで来たわけです」

「それは、それは。そんな記念の旅の場所に、わざわざ王都を選んでくれるとは、王都の民としてうれしい限りだな」

……兄様、本当にすごい。このやりとりのためだけに、ここまで設定を練るだなんて。

兄様は基本的に何でもできる人だと思っていたけど、こんな演技の才能まであったんだ。

「王都に来た目的はわかったよ。次は、手持ちの武器を見せてくれるかな。あまり物騒な物の場合は、念のため、王都を出るまでここで一時的に預かる規定になっているんだ」

ひとつ危機が去ったかと思えば、またすぐにやって来た。

兄様の剣【黎明《れいめい》】を、シャルル王子が持っている今、見せられる武器はあるのだろうか。

リーテ村から、王都までの道のりを考えれば、護身のための武器ひとつ持っていないというのは不自然だ。

兄様は、これをどうやって乗り切るのだろう。

「はいはい。……と言っても、大したものはないのですが」

しかし兄様は、私が思っていたより、ずっと用意周到だった。

「護身用のナイフです。……旅の道中は、王都の方向に用があった商隊に途中まで同行させてもらえたので、こんなものしか持って来てないんですよ」

兄様が取り出したのは、普段獲物の皮剝《かわは》ぎ用に使っているナイフだった。

【黎明《れいめい》】だけじゃなく、これもきちんと携帯していたのかと内心びっくりする私の傍らで、門兵さんは驚いたように目を見開いた。

「意外だな。お兄さん、手に剣ダコもあるし、相当の使い手かと思っていたんだけど」

「自衛のために、毎日鍛錬《たんれん》はしているんですけどね。実戦経験がなくて。俺ひとりだけならともかく、妻もいますから、やっぱり少しでも危険が少ないよう、戦闘は商隊の護衛に任せようかと。剣を持っているからと、戦力として期待されても困りますし」

「ちゃっかりしてるなあ。じゃあ、帰りも商隊の帰還に合わせるのかい？」

「できれば。でも無理そうならば、王都で剣を買おうかなと考えてます。リーテ村だと、なかなか良い剣も手に入らなくて。……門兵さん、お薦めの武器屋知ってますか？」

「ああ、ならグレゴリーの店が良いよ。安いけど、質が良い武器を揃えているから。有名な店だから、宿屋の人にでも場所を聞くといい。……じゃあ、このナイフは返すよ。これくらいならば、持っていても問題はないから……おっと」

門兵さんの手から、ナイフが滑り落ち、地面に転がった。

「ああ、すまない！　手が滑った。当たったりしてないかい？」

「大丈夫です。ナイフもなんともありません」

「なら、よかった。検問は以上だ。……どうぞ、王都を楽しんで」

「はい。……剣のお店を教えてくださって、ありがとうございました」

「……あ、ありがとうございました」

兄様の言葉に続いて、頭を下げて御礼を言って、その場を離れる。

門兵さんはにこやかに手を振って、列の次の人を呼んだ。


「……今のは、大丈夫だったの、兄様。疑われてはなかった？」

門兵さんからすっかり遠ざかってから、兄様に小声で話しかけた。

「探られてはいたけどな。ただ、そこまでもないだろう。もし怪しんでいたなら、王子の前にいた奴らのように、ほかの門兵に連れていかれて、別室で荷物の取り調べをしていたはずだ」

「……あの、ナイフもわざと？」

「反射的に、俺がどう動くかを見ていたのだろう。落とした先も、安全な場所を狙っていたから、間違いなくわざとだ」

……剣ダコも、気づいていたしね。

そう思うと改めて、心臓がどきどきする。よく兄様は、あの状況で冷静でいられたたな。

「とりあえずこれで、ひとつ危ない橋を渡り終えたわけだけど、念のため王都では、さっき俺が話した夫婦の体《てい》で動くぞ。俺のことは、兄様じゃなくレイと呼ぶようにしてくれ」

「うん。わかった。私はアンナだね」

大きく深呼吸して、改めて目の前に広がる景色を見つめた。

ここが、王都。この国で最も多くの人々が集い、生活している、最大の都市。

リーテ村より、ずっとずっと、多くの人間が行き交う様を目の当たりにし、自然と体が震えた。

この王都の中に、どれだけの悪意が紛《まぎ》れているのだろう。どれだけの数の人が、私と兄様の「敵」になるのだろう。

さっきの優しそうな門兵さんだって、上役の命令があれば、きっとためらいなく私達に剣を向ける。善や悪の問題ではなく、それが彼の「職務」だから。

そう考えたら、目の前を行き交う人全てが、敵に思えた。

「――そんな顔をしないでくれよ。『アンナ』。せっかくの『新婚旅行』なんだから」

重い気持ちで目の前を見据える私の頭を、兄様は苦笑しながら撫《な》でた。

「ほら、念願の王都だ。ずっとお前が来たがっていた、この国の最先端の場所だ。機嫌を直して楽しまないと損だぞ」

兄様の言葉にハッとする。

……そうだ。私は今は、アンナ。ティムシー兄様はレイ。新婚旅行のために、念願の王都にやってきた夫婦だ。こんな顔をしていては、おかしい。

「……ごめんなさい、『レイ』。あんまり人が多いものだから、圧倒されてたの。リーテ村には、こんなに人はいないから」

あわてて奥さんのような顔を取《と》り繕《つくろ》って、兄様に笑い返す。

「やっぱり、王都までの旅で少し疲れたみたい。……早く宿屋で休みたいな」

「そうか。今は、体も大事な時期だしな。……あっちに宿の看板を掲げた建物があるから、部屋が空いてないか聞いてみよう」

兄様が指差した建物のあまりの立派さに、ぎょっとする。

「にいさ……レイ。あんな豪華そうな宿なんて、宿代は大丈夫なの？　高いんじゃないの？」

「その辺りは、心配しなくていい。――『とある高貴な御方』から、契約書に書いた金額とは別に、事前に宿代と道中の護衛代を徴収してあるからな。懐《ふところ》は温かいんだ」

……い、いつの間に、兄様、シャルル王子にそんな請求を？

「契約書には『必要経費は、別途請求』と書いていたからな。昨日の宿代を払う際に、まとめてもらっておいたんだ。……まったく躊躇《ちゅうちょ》せず、笑顔で提示した以上の金を押し付けて来たあたり、さすが高貴な御方は違うな」

ふんと鼻を鳴らして吐き捨てると、兄様は私の手を握った。いつもとは違う、恋人みたいな握り方で、思わずどきりとするけれど、すぐに夫婦設定を思いだして、息を吐く。

……落ち着け、私。私達は夫婦。夫婦なら、これくらい当たり前だ。……そう、だよね？

「まあ、俺達はあいつの要望に応えて、はるばる王都まで来てやってるんだ。宿くらい豪華にしても、罰は当たらないだろう。そもそも俺達がいなければ、あいつは無事に森を抜けられていないのだから」

「……そ、それも、そうだね」

「宿で少し休んだら……約束の時間まで、ふたりで夜の王都を少し探索してみよう。何か面白いものが見つかるかもしれないぞ。せっかく王都に来たんだ。この際楽しまないとな」

兄様と向かった宿屋は、観光シーズンでないこともあり、無事に部屋を取ることができた。

ヒースも、宿に併設されている広々とした馬小屋で休めて、ご満悦のようだった。

かつてアシュリナとして過ごした、セーヌヴェットの王宮の部屋と変わらぬ豪奢《ごうしゃ》な設備に感動しながら、部屋で少し休んだ後、宿屋に備えつけの食堂で夕飯を食べた。

「お、美味いな。ここの料理」

「本当、すごく美味しい。……父様と母様にも、食べさせてあげたいね」

「料理は難しいだろうが、パンとかなら、持って帰れるんじゃないか？　旅用の携帯食も販売しているみたいだし、明日もここに来て、良さそうなものがあれば土産《みやげ》にしよう」

「……お土産《みやげ》、それだけじゃつまらないよ」

「もちろん、土産《みやげ》のひとつとしてだ。明日の午前中に、あちこち観光しながら別の土産《みやげ》も探そう。王都を出るのは午後でも構わないだろうし。……何なら明日の夜もここに泊まって、明後日《あさって》の朝に出発するのでもいいしな。それなら、立ち寄る村に宿があるか、心配しなくて済む」

目的を果たしたら、すぐにあの家に戻る前提で話す兄様の顔を、まっすぐに見られなかった。

「……うん。そうだね。せっかく王都に来たんだから……一日くらいちゃんと観光したいかも」

「だろう？　焦ることはない。一日くらい帰還が遅くなっても、父さんや母さんは何も言わないさ。心配を掛けている分、土産《みやげ》くらいは弾《はず》まないとな」

食事を終えてもまだ、月の位置は低い。

とりあえず、待ち合わせを約束した北の大聖堂の場所を確かめるべく、兄様と夜の王都を歩いた。

「……王都は、綺麗な所だね」

「馬の糞《くそ》の処理さえ、細かく規制しているだけあるな。……それに治安もいい。兵士が定期的に、王都内を巡回しているようだが、すれ違う兵士すれ違う兵士、あまり緊張感のない顔をしている。剣を抜くようなことは、めったにないのだろう」

「私が知っている王都とは、ずいぶん違う」

セーヌヴェットの王都も、ルシトリアに劣らないほど美しかったが、人々の表情は全く違っていた。

セーヌヴェットを巡回する兵士の目的は、治安維持よりも、むしろ、都に住む人々の監視にあるようだった。人々は常にどこか怯《おび》えた表情をしていて、兵士が傍に来るとあわてて口を噤《つぐ》んでいた。彼らにとって、セーヌヴェットの兵は、自分達を守ってくれる味方ではなく、ルイス王の支配の象徴だった。

「……食事の時、隣にいた人達が酔っぱらって話してたこと、聞いてた？　あの人達、ルシトリア国王が行っている公共事業が、有益かどうか討論してたんだよ。あんなにたくさん人がいる中で……言い過ぎなくらいに強い口調で、もっと別の税の使い方をすべきだなんて、熱く語っている人もいた。……正直、驚いたよ」

「……」

「『私』がセーヌヴェットの王都にいる頃は……一般の民がそんなことを口にしようものなら、すぐに誰かに密告されて、国家反逆罪の容疑者として、兵士に連行されていたから。……私は、王都の民が王に反する意見を押し殺すのは、当たり前だと思ってた」

セーヌヴェットとルシトリアは、隣国だ。言語もほとんど一緒で、環境も文化もそう大きくは変わらない。二国を隔てる、深く険《けわ》しいマーナアルハの森がなければ、おそらくセーヌヴェットとルシトリアは、ひとつの国になっていたことだろう。実際遥か昔には、森をまたがって統治していた国王もいたという。

それなのに……都に住む人々のあり方は、こんなにも違う。

『アシュリナ様!』

『我らの偉大な、聖女様!』

かつて聞いた、民の声が脳裏を過《よぎ》る。

――セーヌヴェットの王都の民は、今もあの時のままなのだろうか。

王の絶対的支配や、隣人の密告に怯《おび》えて、常に心をささくれ立たせているのだろうか。

それとも……今はもう、セーヌヴェットは、あの時とは違っているのだろうか。

『災厄の魔女め!』

『お前のせいだ、全てお前のせいなんだ!』

弱さ故に、特別な力を持つ私を、聖女と崇《あが》め奉《たてまつ》って、すがり、また恐れ、厭《いと》ったあの民達は、今。

セーヌヴェットの地で、一体どんな風に生きているのだろう?

「……俺は、ほかの国のことはよく知らないから、ルシトリアの寛大さが正しいことなのかどうかは、わからない」

兄様は少し考えた後、低い声でこう言った。

「ただひとつ、間違いなく言えることは――セーヌヴェットが、腐った国であるということだ。昔も今も、変わらずにな」

ぎりぎりと歯を噛み締めながら、兄様は険《けわ》しい表情で、宙を睨んだ。

「……『ディアナ』。もし、お前が生まれてこなかったら。あの時、お前が、俺の妹にならなかったとしたら。――俺は、きっと今頃……」

過去に向けられた兄様の目は暗く険《けわ》しかった。

アルバートと私が……アシュリナが死んだ後、兄様に降りかかった出来事の凄惨さを示すように。

当時はまだ、幼い子どもだった兄様は、父様や母様ほどは、過去に囚《とら》われていないと思っていた。

しかし、兄様の中には……もしかしたら、父様達以上に、実の父親を奪ったセーヌヴェットに対する憎悪が渦巻いているのかもしれない。

「……『レイ』」

そのことを追求することはせず、兄様の腕に手をからめた。そして、夫婦の設定を兄様に思い出させるように、そっとしなだれかかる。

「『ディアナ』って誰？　……そんな風に言われたら、私、妬《や》いちゃうな」

私の言葉に、兄様はハッとしたように目を見開いた後、そっと目を伏せた。

「……ごめん、『アンナ』。そういえば、話したことなかったな。……『ディアナ』は、俺の大事な妹だよ。小さい頃に、子どもがいない親戚にもらわれていって、もう何年も会ってない」

行き交う人々は、私達の話なんて聞いていないかもしれない。でも、私達はそれでも『アンナ』と『レイ』になりきり、少しだけ真実の混ざった虚構の会話を口にする。

——ここは、私達にとって敵地だと、再確認かするように。

「……妹さんが、いたんだ」

兄様が私のことを、どれほど大事に思っているか知っているから、あえて声に少しだけ嫉妬《しっと》の色を混ぜてみる。

「アンナ。……悪い。こんな話、今することじゃなかったな。……後でちゃんと話すから、今は忘れてくれ」

そう言って兄様は、なだめるように私の頭を引き寄せて、そっと頬に口づけた。

……もし、私が兄様の妹じゃなくて、本当の奥さんだったなら、どんな反応をするんだろう。こんなことじゃ誤魔化《ごまか》されないんだからって、拗《す》ねるかもしれない。そんなことをしていたらきりがないから、「アンナ」は誤魔化《ごまか》されてあげるけど。

「わかった。……ああ、ここからでも、大聖堂が見えるね。夜でも、灯りがついていて、すごく幻想的だ」

「そうだな。……この距離でも、十分見えるが、どうする？　もっと近づくか？」

「ううん。……遅い時間だし、もう十分。宿屋に帰って、後は約束の時間まで、ゆっくりしていよう？」

そう言って、兄様と腕を組んだまま、私達は元来た道を戻った。

宿に戻るまでの間、兄様はずっと黙り込んでいた。

◆　◆　◆

「……もうすぐ、約束の時間だね」

しばらく部屋で休んだ後、窓を開けて、すっかり高くなった月を見上げた。

「そろそろ、大聖堂に向かわないと」

「……本当に、向かっていいのか」

部屋に戻ってからも、ほとんど何も話さなかった兄様が、ようやく口を開いた。

「今なら、まだ、引き返せる。……まだ、逃げられるんだ。ディアナ。お前が契約の撤回を望むのならば、俺は【黎明《れいめい》】を糞《くそ》王子にくれてやってもいい」

兄様の問いに、ゆっくりと首を横に振った。

「……ここまで来たら、もう逃げないよ。【黎明《れいめい》】も取り返さなきゃ、だし」

そう言って少し間を置き、続けた。

「それとも――兄様は、本当は逃げてほしいと思っている？」

兄様は、考え込むように静かに目を伏せた。

「……【黎明《れいめい》】は、取り返したいと思っているよ。アルバート父さんの形見だからな」

「……うん」

「でも……ディアナに、本当に王女を救わせて良いのだろうか、という問いには、何度考えても答えがでない」

ゆっくりと顔をあげた兄様は、その優しい緑の瞳をまっすぐに私に向けた。

「どんな道を選んでも……きっとディアナは苦しむし、その様を隣で見ている俺は、後悔することになるのだろう。だからこそ、俺は今はまだ、ディアナの決定に従おうと思う」

「……兄様」

「逃げるならば、王女を癒してからでも遅くはない。だから、ディアナ自身が納得しているなら、とりあえず今は、シャルル王子との契約を果たそう」

兄様はそう言って私の隣にやってくると、そっと私の肩を抱いた。

「……そうやって、持って生まれた力を人のために使うことが、お前の未来を切り拓《ひら》くかもしれないから」


「――ああ、よかった。おふたりとも、ちゃんと来てくださったのですね」

北の大聖堂の前で待っていたシャルル王子は、私達の姿を見るなり、嬉しそうに笑った。

「……【黎明《れいめい》】をカタにしていてなお、俺達が来ない可能性を懸念していたのか？」

「可能性は、ゼロではありませんでしたからね。……そうだ。兄君。早速この剣は、お返しします」

そう言って、シャルル王子は恭《うやうや》しい手つきで、兄様に【黎明《れいめい》】を差し出した。

「約束通り、傷ひとつ、曇りひとつつけていません。どうぞ、ご確認ください」

兄様は【黎明《れいめい》】を鞘《さや》から抜くと、月明かりにかざして刀身の状態を確かめた。

「……確かに。俺が、あんたにこれを渡す前と、何ひとつ変わってない」

「でしょう？　名高い【黎明《れいめい》】ですからね。正直持ち運ぶのすら、緊張しましたよ」

にこにこと悪びれずに笑うシャルル王子に、兄様は静かに剣先を向けた。

「――だが、先に【黎明《れいめい》】を渡してよかったのか？　護衛もつけずに、再び俺達の前にのこのこと現れて……考えを変えた俺達が、今ここで、あんたを斬り殺して逃げるとは思わないのか？」

剣を向けられてなお、シャルル王子は笑みを崩さなかった。

「まさか。……慎重な兄君が、わざわざ隠蔽《いんぺい》しにくい王都で、そんなリスクを冒すとは思えませんからね。そもそも私を始末するつもりなら、道中にいくらでもチャンスはありましたし。よしんば、土壇場で気が変わったのだとしても、剣を取り返した瞬間、ディアナ様の手を引いて逃げるくらいがせいぜいでしょう。私はさして足は速くないので、今からでも多分逃げきれますよ」

「……顔色くらい、変えろ。見透かされている感じが、腹が立つ」

「申し訳ありません。……どうも私は空気が読めないもので」

舌打ちしながら、剣を鞘《さや》にしまう兄様に、シャルル王子は目を細めた。

「……で、これで私が、ちゃんとひとりでここにやって来たことの証明になりましたか」

「……本当、人を苛立たせるのが上手い男だな……」

「重ねて謝罪いたします。……でも、私だって護衛を忍ばせていると思われるのは、心外なんですよ。全てを秘密裏に進めるために、私だってリスクを負って、単身でここに来ているのですから」

傍らで交わされるやり取りに、ようやく状況を理解する。……兄様が突然剣をシャルル王子に向けた時は、焦ったけれど、あれはどこかに王子の護衛が隠れていないか、確かめていたのか。

「リスク？　王族のあんたが負うリスクなんて、俺達に比べれば知れているだろう？」

「そうでもありませんよ。……今から兄君と、ディアナ様をお連れする場所は、国家機密のひとつですから」

そう言って、シャルル王子は大聖堂の門を開けた。

「……おい。入っていいのか？」

「大聖堂は、国の持ち物。王族には立ち入りの許可は不要です。——さあ、おふたりとも。ついて来てください」

シャルル王子が向かったのは、大聖堂の建物の中ではなく、その裏庭だった。美しく手入れされた庭の隅にある、寂れた古井戸の前で、シャルル王子は足を止めた。

「……少々お待ちくださいね」

シャルル王子が閉じていた井戸の蓋《ふた》を開けて、滑車とそこに繋がった紐を不思議な手つきで弄《いじ》ると、井戸の中からごうっと音がした。どこからか取り出したランタンで、王子が暗い井戸の中を照らすと、上の方までたまっていた井戸水が引いて、階段が現れるのが見えた。

「……ここは、王族と大聖堂の管理者しか知らない、城に繋がる隠し地下通路です。水で濡れて階段が滑りますので、気をつけてついて来てください」

兄様は一瞬躊躇《ちゅうちょ》しながらも、シャルル王子の後を追うように、井戸の中の階段に足を掛けた。

「……王族御用達なだけあって、階段も頑丈そうではあるな。ディアナ。俺の後に続いて、ゆっくり降りて来い。万が一足を滑らせても、俺が受け止めてやるから」

「……うん。わかった」

暗く、得体の知れない井戸の中に足を踏み入れることには抵抗があったが、あまりシャルル王子や兄様を待たせるわけにもいかない。勇気を出して、井戸の中の階段へと足を進める。

井戸の中はひんやりしていて、湿っぽかった。濡れている階段を、足を滑らせないよう、一歩一歩慎重に降りていく。

「……周囲に人の気配はなかったが、それでも誰かがここを見つける可能性はゼロじゃない。井戸の蓋《ふた》も開けっ放しだが、大丈夫なのか」

「大丈夫ですよ。この井戸は、擬態の呪術がかかっていますから。ここを地下通路と知らない者には、今もただの井戸にしか見えません。そもそも暗くて、身を乗り出して灯りで中を照らさない限り、外からは見えない場所ですしね。……よし。底に着きました。下はぬかるんでいますので、お気をつけください」

王子に続いて兄様が、そして私も、井戸の底に到着した。しかし、あたりを見渡しても、どこにも通路らしきものは見えない。

「……結界を解きます。少しお待ちください」

シャルル王子は井戸の壁に手を当てると、私の知らない言語で呪文を唱えた。

次の瞬間、壁から眩《まばゆ》い光が溢れだし、そこに人ひとり通るのが精一杯の大きな穴が空いた。

「……今の呪文は、古代語か？」

「ええ。古代語から作られた、王族にしか伝わっていない、特別な呪文です。正確な発音ができなければ、どんなに似た音を発したとしても、結界は解けません」

兄様の問いに、そう返しながら、シャルル王子は穴をくぐった。私と兄様も、その後を追う。

「地下通路は、入り組んでいて迷路のようになっておりますが、道を把握している者ならば、王宮の好きな場所に行けます。出口もこの古井戸だけではなく、王都の様々な場所に繋がっています。これは王宮に何かあった時のための、王族用のライフラインであり、王族以外ではごく一部の者しか知らない機密事項なのです」

「……そんな重要なことを、俺達に教えてよかったのか」

「リスクを負わなければ、目的は果たせませんから。……それに、この通路には至るところに先程のような結界が張り巡らされていて、解除法を知る王族が同行しなければ、自由に歩けません。だから、おふたりに知られても、特別問題はないと、第三王子の権限で勝手に判断しました」

「……地下通路の存在を知っていなければ、まず道が見つけられないうえに、知っていても最初の結界が解けなければ中に入れない。よしんば最初の結界の解除法を知っていても、詳細を知らなければ、中の迷路で迷うか、次の結界を破れずに詰むかのどちらかというわけか。……よくもまあ、王都の民に知られることなく、こんな大規模なものを作れたな」

「作ったのは、古代ルシトリアの王なので、私もこれが作られた経緯はよく知りません。一時セーヌヴェットに併合されたこともありましたが、元々ルシトリア王国が成立したのは、近隣のどの国よりも古い。そして、セーヌヴェットに併合されてなお、再び独立することを願っていた王族は、この地下通路の秘密を守り続けました」

シャルル王子のランタンの灯りだけを頼りに、入り組んだ道のりを、進んでいく。

急に上り坂になったかと思えば、次には道がいくつにも分かれ、その次には、階段が現れてと、進めば進むほど複雑になっていく道のりに、もはや帰り道などわからない。

もし、シャルル王子とはぐれたら、私と兄様はこの地下通路で一生を終えることになるのだろう。そう思ったら、肌が粟《あわ》だった。

「……シャルル王子。先程あなたは、第三王子の権限でこの通路を使ったと言いましたね。それじゃあ王やほかの王族は、私達がこの通路を使っていることを知らないのですか？」

「ええ、ディアナ様。もちろんです。私は契約はちゃんと守ります。ディアナ様が聖女だと、父上や兄上に知られるリスクは冒しません」

私と同じことを考えたのか、兄様が顔をしかめた。

「……つまり、あんたとはぐれなくとも、あんたが道に迷うか、結界の解除法を忘れた時点で、俺達は一巻の終わりというわけだ」

シャルル王子は、先程から地図や本のようなものを見ている様子はない。ただ記憶力だけを頼りに、地下通路を自在に歩き回っているのだ。

彼はずいぶんと自信満々なようだが……こうやって滅茶苦茶な道を進んで、奥深くまで来ると、本当に王子は道を理解しているのか不安になる。

「あははは。変な心配はなさらないでください。慎重な兄上達は、解呪の呪文が書かれた詳細な地図と、付き添う者がいなければ、決してこの地下通路に足を踏み入れようとしませんでしたが、私は違います。ここは幼い私にとっては、面倒なお付きの目に煩《わずら》わされなくて良い、格好の遊び場でした。何度も何度もひとりで……ミーシャが大きくなってからは、小さなあの子の手を引いて一緒に潜りましたから、迷いようがありませんよ」

楽しげに告げられた言葉は、妹さんの名前が出た瞬間、掠《かす》れ、小さくなった。

「……さて、もうまもなく、ミーシャの部屋に着きます。王族の部屋に繋がる通路の結界は、暗殺防止のため、部屋の持ち主が自分で作成することになっています。王位を巡って兄弟間で争うこともありますから、当人が信頼する相手しか、解除法を知り得ないようにするためです。……ですが、ミーシャはあまり結界を展開するのが得意ではなくて。頼まれて、私が代わりに結界を作成しました」

「……王女の部屋の結界を張ったのがあんたなら、当然解除法も知っているというわけか」

「そういうことです。……そういった意味では、病にかかったのが、ほかの兄弟でなくミーシャだったのは幸いでした。ほかの兄弟なら、この地下通路を使って一度城の別の場所に出て、そこから部屋に入る手段を探す必要がありますから」

シャルル王子が進んだ先は、行き止まりにしか見えない道だった。王子は、突き当たりの壁に手を当てながら、私達を振り返った。

「ここが、ミーシャの部屋に続く道です。今、結界を解除しますが、おふたりとも準備はよろしいですか？」

「……ちょっと待て。ミーシャ王女の部屋に行くのは良いが、中にほかの誰かがいる可能性はないのか？　王女の侍女はどうした？」

「そのあたりは大丈夫です。私の信頼できる侍女に言って、人払いをさせております。部屋の中にはミーシャしかおりません」

　シャルル王子の言葉に、兄様は眉を寄せた。

「そんなことをして……何か企んでいると怪しまれないのか」

「大丈夫です。少なくとも、疑惑の目が兄君やディアナ様に向けられることは、ありません。――彼女達は恐らく、今夜私がミーシャの命を奪うのだと思っていますから」

「なっ……」

　何でもないことのように、言い放たれた言葉に、絶句した。

　驚愕する私と兄様に、シャルル王子は微笑んだ。

「……ディアナ様を連れて来られたのが、今日でよかった。明日ならば、きっと手遅れになっていたことでしょう。病に冒されたミーシャは、体よりも先に、心が限界を迎えています。……うわごとで、自らの死を望むほどに」

「……」

「予言の聖女を見つけられなかった私が、責任を感じて、苦しむミーシャを楽にしてやることを選んだのだと、彼女達は判断したようです。……きっとミーシャも、それを望むだろう、と」

自嘲するようにそう言って、シャルル王子は手を当てている壁を見つめた。

「……ディアナ様と出会っていなかったら、実際そんな風に思い詰めていたかもしれません。ですが、私はあなたを見つけました。ミーシャを救う、唯一の希望を」

シャルル王子は目を伏せて、古代語で呪文を唱えた。

次の瞬間壁が光り、光があたって溶けたかのように人間ひとりが通れる空間が形成されていく。

「……ディアナ様。どうか、ミーシャを救ってあげてください。私の望みはただ、それだけです」

「――ああああああああああ！！！！！」

空間に、部屋らしきものが現れたと思った瞬間、そこから激しい叫び声が聞こえて来た。

「――っいけない、発作だ！　城を出る前は落ち着いていたのに！」

「っおい」

声が聞こえた瞬間、シャルル王子は血相を変えて部屋の中に飛び込んで行った。

取り残された私と兄様は、一瞬顔を見合わせた後、王子に続いた。そして、視界に飛び込んで来た、思いがけない光景に、固まった。

「――っ痛い痛い痛い痛い苦しい苦しい苦しい苦しい」

「……落ち着いて、ミーシャ。……もうすぐ……もうすぐだから。もう少しだけ我慢しておくれ」

「あ、ああああああ兄さ、兄様……して、殺して、くれるの？」

「……違うよ。ミーシャ。殺すんじゃなく、治すんだ。お前は、生きられるんだよ」

「嘘！　嘘！　嘘！　誰も、治せなかった！　聖女なんていなかった！　——ああああああ‼

痛いよ苦しいよ……シャルル兄様、私を殺してよおおお！！！」

「……何、これ」

抱き締めるシャルル王子の腕の中で、もがき暴れる痩《や》せ細った少女。

ミーシャ王女らしき彼女の体は、得体の知れないまっ黒な霧のような物で覆われていた。

彼女が暴れる度に、霧は濃さを増し、体を呑み込むように覆い隠していく。

「あああああああああああ」

「ミーシャ！」

けれど今は、その異様な光景に驚いている暇はない。とっさに王女に向かって手をかざし、力を送る。

次の瞬間、ぴしりと王女の体が硬直し、そのまま糸が切れたかのように気を失った。

「ミーシャ⁉」

「……力を送って、一時的に痛みを取り除き、眠らせました。あくまで応急措置であって、病を治癒したわけではありません」

「ああ、ディアナ様。……それでも……一時的とは言え、今ミーシャは、痛みを感じていないのですね？　ありがとうございます」

黒い霧に包まれて眠るミーシャ王女の体をかき抱きながら、シャルル王子はそのサファイアの瞳から涙をこぼした。

「……私が、城を出る前までは、ここまでひどくはなかったんです。熱にうなされることもありましたが、それでも落ち着いている時は、ちゃんと普通の会話もできました。しかし、ここ数日で症状が悪化したらしく……今はもはや、鎮痛剤も効かない状態なのです」

「……この、黒い霧はいつから……」

「……黒い、霧？」

私の問いかけに、シャルル王子は怪訝《けげん》そうに眉をひそめた。

「ええ。王女の体を覆っている、この黒い何かです」

「……すみません。ディアナ様。私には、そのようなものは見えません」

「え？」

思わず振り返って兄様を見た。

兄様は固い表情で、ゆっくり首を横に振った。

「……俺にも、その黒い霧とやらは、見えない」

「……そんな……こんなに、はっきり見えるのに……」

「恐らく、ディアナの力がなければ見えないものなのだろう。……王女を治療するにあたって、その霧の正体を解明する必要があるな」

【災厄の魔女、アシュリナの呪い】——かつて耳にした名称が、脳裏を過《よぎ》る。

私だけが見ることのできる、黒い霧。……ならば、やはり、この病は、かつて「私」だったアシュリナ由来のものだと考えて然《しか》るべきなのではないだろうか。

先程の王女の激しい苦痛の声を思い出し、胸が苦しくなる。

——もしも、この病が本当に私のせいならば。一体私は、どうやって罪を償えばいいのだろう。

「……ディアナ様。顔色が悪いですが、やはり治癒は難しそうですか」

不安げなシャルル王子の問いかけに、我に返る。……今は、自分のことを考える時ではない。

まずは、目の前で苦しんでいる女の子を救わなければ。

「……初めて見る症例の病なので、私の力で治癒できるかはわかりません。それでも、これが唯一の希望だというのなら……試してみます」

大きく深呼吸して、ざわつく心を落ち着かせ、ミーシャ王女のもとへ向かった。

近づけば近づくほど、黒い霧ははっきりと認識できるようになり、そのあまりのおぞましさに体が震えた。

「……長期戦になると思います。シャルル王子。ミーシャ王女をベッドに横たわらせて、兄様の隣に行ってください」

「はい。……どうか妹を、よろしくお願いします」

シャルル王子が離れたのを見送り、黒い霧へ向き直る。

……とりあえず、まずは、いつものように手に治癒の力を込めて、力を送ってみよう。

「——っ！」

霧に手をかざした瞬間、瞬時に脳裏に伝わってきた「それ」の正体に、思わず手を引いた。

冷たい汗がこめかみを伝い、息が荒くなる。

「これは……ただの病なんか、じゃない……っ！」

王女を包む、黒い霧の正体。

それは——様々な傷病が、対象に対する悪意と共に、力尽くで合成され濃縮された、複合体。決して自然発生することはあり得ない、人工物。

「死に至らせる苦痛」そのものとも言える黒い霧が、作成者によって込められた悪意によって明確な意思を持ち、王女を内側から嬲《なぶ》りじわじわと食い殺そうとしていた。

——アシュリナだった私が、死の間際に力を暴走させた結果？

違う。こんなものは、私の力じゃ作れない。

こんな恐ろしいものを、無意識で作れるはずがない。

「……シャルル王子。ミーシャ王女は、誰かに恨まれていましたか」

私の問いかけに、シャルル王子は首を横に振る。

「兄の欲目もあるかもしれませんが……ミーシャは、誰からも愛される、明るく優しい子です。市井に出て慈善活動を積極的に行っていたこともあって、民の人気も高い。王族といっても、王位争いには関係ない立場の娘ですし、恨まれるような心あたりはありません」

それじゃあ、これは王女を狙ったわけではなく、無差別に送られたものだろうか。

「……もう少し詳しく、原因を探ってみます」

大きく深呼吸をして、再び霧に手をかざした。

【……い…………………だけで……】

――声が、聞こえる。

【……ああ、忌々《いまいま》しい。王族というだけで、何の力もない小娘が、民から慕われている姿は、見ていて気分が悪いわ】

以前どこかで、聞いたことがある、女の声が。

【歴史ばかり古いルシトリアの王家なんて、ちっとも羨ましくはないけれど、この王女は腹が立つわ。……どこか、あの女に似ているし】

この声の主を――私は知っている。

【ちょうど育ち過ぎて、保管に困っていた「厄」もあることだし、「器」になってもらうことにしましょう】

「アシュリナ」としての生を終え、十六年の月日が流れてもなお、忘れられないこの声は。

【私のために、せいぜい苦しみ喘《あえ》いで、醜《みにく》く死んでちょうだい？】

「――聖女ユーリア！」

かつてルイス王と共に、アシュリナを死に追いやった女の悪意が、黒い霧の中に満ちていた。

「……聖女ユーリア!?　あの女が、ミーシャの病の根源なのですか!?」

「『アシュリナの呪い』と呼ばれる病、全てがそうとは限りません。……でも、少なくとも、ミーシャ王女を苦しめている病の原因は、彼女です。死に至らしめる様々な傷病を、自らの悪意と共に合成し、ミーシャ王女に送り込んだのでしょう」

「そんな……！　それじゃあ、私は……私は、ミーシャを苦しめている張本人に、治癒を請うたというのか……」

シャルル王子が憤《いきどお》る隣で、兄様もまた苦々しい顔をしていた。

兄様と聖女ユーリアは、直接関わりはない。それでも、アルバートとアシュリナの死と、聖女ユーリアへの嫌悪を露《あら》わにした父様の様子から、思うところがあるのだろう。

「……それで。治せそうか？　ディアナ」

「こんな特殊な症例を治すのは初めてだから、わからない。……でも、やってみる」

通常の病を治癒する場合は、まずは病そのものを力で消して、それから体内の傷ついた部分を修復する。

だから、まずはこの黒い霧を先に取り除きたいのだけど。

「……だめだ。力を送ろうとすると、霧が逃げる」

悪意という意思をもった霧は、私の力に敏感に反応し、消失させる前に霧散してしまう。

体内を逃げ回らないよう、ミーシャ王女の全身くまなく力を送ってみたが、そうすると一度ミーシャ王女の体から離れるものの、私が力を送るのをやめた瞬間、またミーシャ王女の体に群がるのだ。

いつものやり方ではだめだ。何か、別のやり方を考えないと。

「……消すんじゃなくて、捕らえてみよう」

ミーシャ王女の全身に力を送って、黒い霧が王女の体から離れたタイミングで、霧を私の力で包みこむことはできないだろうか。

事前に部屋中に、私の力を網目状に放出して、罠を張っておけば。

こんな風に力を応用するのは初めてだったが、不思議とできないとは思わなかった。

元々、治癒の力自体、誰に教わらずともできたことだ。だから……きっと、これもできるはず。

きっとそのために私は、兄様にもシャルル王子にも見えないあの黒い霧が、見えるのだろうから。


黒い霧は狡猾《こうかつ》で、簡単には捕らえることができなかった。

何度も何度も試行錯誤を繰り返し、そしてようやく。

「……捕まえた」

私の力の網に囚《とら》われ、暴れる霧を、そのまま押し潰す。

これだけ私の力にさらされても、霧は通常の病のように、完全に消失することはなかった。

ならば、決して外に出られないように。これ以上、人を害することがないように。網の外側を、力でさらに幾重にも包みこみ、小さく小さく圧縮する。

カチリと音を立てて、何かが床に転がった。

「……石？」

「触ってはいけません。シャルル王子。それは、ミーシャ王女を襲っていたものが、私の力に包まれて具現化したもの。……外には出られないようにしてありますが、あなたにどんな影響を及ぼすか、まだわかりませんから」

黒い霧を捕らえたことで、ようやくミーシャ王女の顔が見えた。穏やかに眠る彼女の姿に、口元を緩めながら、体内を力で修復し、霧の残滓《ざんし》がないか確認する。

「――終わり、ました」

よかった。ミーシャ王女を、救うことができた。

「……終わった、のですか。ミーシャは……ミーシャは助かったのですか」

石に反応した時以外は、じっと黙って私とミーシャ王女を見つめていたシャルル王子が、ふらふらとした足取りでこちらに近づいて来た。

「ええ……傷ついていた体内は修復完了しました。ただ、ずっと寝たきりだったということもあり、筋力は落ちていますので、普通に活動できるようになるには少し時間がかかるかもしれません」

傷ついた部分は元通り修復できても、減ってしまった体重や筋肉量を補填《ほてん》することはできない。それは癒しではなく、人体改造になってしまうからだ。だから、王女自身のリハビリが、どうしても必要になる。

「……十分です。ああ、信じられない。なんてお礼を言っていいのか……ミーシャ……ミーシャ……」

震える手で、シャルル王子がミーシャ王女の頬に手を伸ばすと、穏やかな寝息を立てていたミーシャ王女が、白金の睫毛《まつげ》を震わせて静かに目を開いた。

「……シャルル、兄様……」

「……ミーシャ！　気分は、どうだい？　痛みはあるかい？」

「……それが、もう、ちっとも苦しくないの。……私、もう、苦痛すら、感じなくなっちゃったの

かな？　……このまま、もう死んじゃうのかな？」

「違う！　違うよ、ミーシャ！　病が、治ったんだ！　聖女様が治してくれたんだ！」

ミーシャ王女の手を握りしめながら力強く告げたシャルル王子の言葉に、シャルル王子より暗いミーシャ王女のダークブルーの瞳が、見開かれた。

「……嘘……」

「嘘じゃないよ！　ミーシャ。お前は生きられる、生きられるんだよ！」

「ああ……神様……」

声をあげて、ミーシャ王女は泣いた。

それを見守るシャルル王子の目からも、次々涙がこぼれていた。


ひとしきりふたりで泣いた後、ミーシャ王女がこちらを見た。

「……あなたが、聖女様ですか」

どきりと、心臓が跳ねた。

シャルル王子より暗い、ダークブルーの瞳に、シャルル王子より色素の薄い、銀に近い金色の髪。

顔のパーツは全く違うし、厳密に言えば色味も異なる。

「……私を治してくれて、ありがとうございます。……それに、嘘だなんて言って、ごめんなさい。あなたは、本物の聖女様なのですね」

けれども……こうして改めて顔を合わせてみると、ミーシャ王女の顔は、どこか「アシュリナ」

に似ていた。

「……聖女、様？　……やはり、ご気分を害して……」

黙り込む私を、ミーシャ王女が不安げな表情を浮かべて、じっと見すえていた。

「……いえ。こんなに早く、王女が目を醒《さ》まされるとは思わなかったので、少し驚いただけです」

王女を安心させるべく、慌てて笑みを取《と》り繕《つくろ》う。

「今まで、よく頑張りましたね。……地獄のような苦しみに、よく耐えました。もう大丈夫ですから、今は安心して、お体を休めてください」

私の言葉に、ミーシャ王女は涙で濡れた顔を、くしゃりと歪《ゆが》めて微笑んだ。

「……ああ、聖女様……なんて、お優しいのでしょう。……もっとちゃんとお礼を言いたいのだけど、今はただただ瞼《まぶた》が重くて……」

「ずっと病と闘っていたのですから、体が休息を求めているのですよ。今はひとまず、眠った方がいい」

「……わかりました。……聖女様。ちゃんと目が醒《さ》めている時にお礼が言いたいです。明日また、私のもとに来てくださいますか」

ミーシャ王女への返事に何と答えるべきか困った。……兄様は、本当は一刻も早く、家に帰りたいのだろうけれど。

「……ええ。お体の具合も確かめたいですし、明日またミーシャ王女のもとにうかがいますよ」

——それでも、私はまだ、ミーシャ王女をこのまま残していくわけにはいかない。ちゃんと、自分がなしたことの結果を、この目で確かめるまでは。

「なら、よかった。……それじゃあ、また、休みます。……シャルル、兄様」

ミーシャ王女の目が、再びシャルル王子に向けられる。

「私を……諦めないでくれて、ありがとう」

「……そんなことで、礼を言わないでくれ。ミーシャ。当たり前だろう？　私はお前の兄なのだから」

「元気になったら……また、一緒に地下通路を散歩しましょう」

「ああ……約束だ」

「……それじゃあ、お休みなさい」

そう言って目を閉じたミーシャ王女に、シャルル王子は不安を隠せないようだったが、再び穏やかな寝息をたてはじめたことで安堵の息を吐いた。

「……それじゃあ、また明日、同じように待ち合わせしましょう」

「……いいのですか。本当は、すぐに帰りたいのでは……」

「――構わない」

シャルル王子の言葉を遮るようにそう言ったのは、兄様だった。

「元々明日は一日王都を観光して、もう一泊してから発《た》つつもりだった。そのついでに、もう一度王女のもとに寄るくらい、問題はない」

あくまで明後日《あさって》には家に戻るという姿勢を崩さない兄様に、胸がきゅっと痛んだ。

「それじゃあ、ミーシャ王女も眠ったし、今日はこのあたりでいいだろ。明日また来るのなら、報酬もその時でいい。……シャルル王子。また、大聖堂まで俺達を送ってくれ。道は覚えたが、解除の呪文は発音が微妙だ」

「っ一度行っただけで、あの複雑な地下通路を覚えたのですか⁉」

「俺は、狩人だからな。獲物を追って森の奥深くまで行くには、瞬時に道を覚える必要があるんだ。単調な森の景色に比べれば、特徴がある分地下通路は覚えやすい。……ああ、それと」

何でもないように続けながら、兄様は手のひらをシャルル王子に向けた。

「この石は、俺が預かっておく」

「っ兄様！　いつの間にそれを拾ったの⁉」

黒い霧を私の力で包んだ結晶を、手のひらに乗せる兄様の姿に、さあっと血の気がひいた。

「今すぐ、それを離して、兄様！　黒い霧が、兄様に襲いかかるかもしれない！」

「お前の力で封じられているなら、大丈夫だろう。実際、触っても問題はなかった」

「そんなの……わからないでしょう。いつ封印が解けて兄様が、ミーシャ王女と同じ状態になるか……」

「――なら、これはどうやって処分するつもりなんだ」

兄様の鋭い指摘に、ぐっと言葉につまった。

「ここに残しておくのも、どこかに捨てるのも、同じくらい危険だろう。封印が解ければ、誰がまた、ミーシャ王女と同じような状態に陥《おちい》るかわからないのだから。なら、お前の傍にいる俺が保管するのが、一番安全だ」

「……だから、私が持ってようと……」

「却下だ。俺が病に冒されても、お前が助けてくれるが、お前が病に冒されたら、誰もお前を助けることはできない。この病を癒す唯一の希望がディアナなのだろう？　なら、少しでもリスクは軽減すべきだ」

そう言って兄様は、それ以上反論を許すことはなく、石を持っていた革の袋に入れて腰に結びつけた。

「それじゃあ、宿に帰るぞ。ディアナ。休息が必要なのは、ミーシャ王女だけじゃない。お前もだ。……途中どうしても眠くて耐えきれなければ、俺が背負ってやるから」

「私は別に……疲れてなんか……」

「嘘つけ。……顔色が悪い。自覚がないなら、よけい重症だ」

そんなことない、と、一歩兄様の方へ足を踏み出した瞬間、くらりと目眩《めまい》がした。

崩れ落ちかけた体を、瞬時に駆け寄った兄様が、支えてくれた。

「……だから、言っただろ」

深々とため息を吐く兄様の姿に、自分が思っていた以上に、疲れていると思い知らされる。動き回る霧を捕まえることが、通常の病の治療に比べて、こんなに精神と肉体を疲弊《ひへい》させるだなんて。

「こんなんじゃ、自力で地下通路まで行くのも難しいだろう。お前はもう、このまま寝てろ。……よっと」

「っ兄様!?」

そのまま私を抱き上げた兄様に、あわてて抗議をする。

「兄様、これ、背負ってない！　抱き上げてる！」

「どうせ、背負おうとしても遠慮するだろうから、こっちの方が手っ取り早い。多少暴れようが落とさない自信はあるが、俺に手間を掛けさせたくないなら、首に手を回して掴まってろ」

「で、でも、兄様、重いでしょう？」

「ディアナの体なんか、ヤシフ鹿よりも軽いさ。……忘れたか、ディアナ。俺は、狩ったハーフセラ熊を、ヒースの背中すら借りずに、ひとりで家まで運んだ男だぞ。こんなの、準備運動にもならない」

「……あの、巨体と凶暴さで有名なハーフセラ熊を？」

ひとり青ざめているシャルル王子を無視して、兄様はすたすたと地下通路の入り口まで足を進めた。

そして、そのまま、シャルル王子が唱えていたのと全く同じ呪文を口にすると、入って来た時と同じように、その場に地下通路へと続く空間ができた。

「……しかも自信がないと言いながら、一度耳にしただけの、結界解除の呪文も完璧ですし……兄君、本当に何者なんですか……」

「ただの狩人だよ。……ここの呪文は再現できても、ほかの場所でできずに地下通路に閉じ込められたら困るから、あんたもちゃんと大聖堂までついてこいよ。そもそも、ディアナを抱えている状態じゃ、地下通路を灯りで照らせない」

「……はい。それはもちろん、送らせていただきます」

すっかり、この状態のまま地下通路を進む気でいる兄様に、反論することもできず、観念して首に手を回す。密着したところから、兄様の鼓動が伝わってきた。

「……兄様。……ごめんね」

「……謝る必要なんかない。準備運動にもならないって言ったろ」

……違うよ。兄様。謝りたいのは、そんなことじゃない。

本当は兄様だって、わかっているのでしょう?

「……兄様。私は……」

「……それ以上はもう、話すな。話があるなら、明日聞く」

兄様はそれ以上、もう私に何も言わせてくれなかった。

兄様の腕の中で、ひとり目を伏せて、心の中で再び謝る。

……ごめんなさい。兄様。私はきっと、兄様が望む未来を選んであげられない。

苦しむミーシャ王女と、それを悲痛な眼差しで見つめるシャルル王子の顔が、頭から離れないんだ。

触れた場所から伝わってくる、兄様の熱が温かくて、涙があふれてきた。

幼い頃のミーシャ王女もまた、何らかの形で兄の温もりを感じながら、この地下通路を歩いたのだろうか。そして今、あの黒い霧に苦しんでいる人達も、そんな風に家族の温もりを感じた経験があるのだろうか。

私の知らない、その誰かにも家族がいて。病に苦しむ人はもちろん、何もできずにただ傍にいることしかできない家族もまた、苦しんでいる。

ミーシャ王女と対面したことで、そのことを改めて実感させられた。

「……ディアナ。今は、まだ、よけいなことを考えるな。考える必要があるなら、明日考えればいい。今はただ、体を休めることに集中しろ」

兄様はそう、優しくささやいた。

「……お前が万全じゃなければ、救える相手も救えないだろう」

兄様の言葉に促されるままに、目をつぶった。

疲弊《ひへい》した体は、ただそれだけで、私を眠りに導いてくれた。


兄様の腕の中で揺られながら、夢を見た。

私がまだ、「アシュリナ」の記憶を思い出す前の、ただの「ディアナ」だった幼い頃の夢を。

『ディアナは大きくなったら、何になりたい？』

頭を撫《な》でながらそう尋ねた兄様に、何の使命も持たない私は、無邪気に答えた。

『わたし、おおきくなったら、兄さまのおよめさんになりたい！』

『それで、このいえで、父さまや母さまといっしょに、ずーっとしあわせにくらすの』

『それいがいは、なんにもいらないよ。おひめさまになるよりも、きっとそっちのほうがしあわせだもの』

……あんな風に、無邪気に願いを口にできる日はもう来ないのだろう。

――私は、聖女にならないといけない。

聖女になって、あの黒い霧を封じるために、きっと私は生まれてきたのだから。

第五章　固まる決意

「……ここは……」

目が醒《さ》めると、宿のベッドの上にいた。

昨夜はあのまま、兄様に抱かれたまま、眠ってしまったらしい。

「お、ディアナ。起きたか。昨日はだいぶ疲れていたみたいだな。もう昼前だぞ」

傍らのベッドに腰をかけて、【黎明《れいめい》】の手入れをしていた兄様が、私が起きたのに気がついて立ち上がった。

「気分はどうだ。どこか辛いところはないか？」

「うん。大丈夫。……宿の時間は大丈夫なの？」

「ああ。すでにもう一泊すると受付に伝えて、金も払ってある。暇な時期だからな、宿の主人も喜んでいたよ。……ああ、そうだ」

兄様はテーブルに置いていた深皿を手に取ると、スプーンと共に差し出した。

「朝飯を食べに行った時に、食堂の料理人に頼んでパン粥《がゆ》を作ってもらったんだ。すっかり冷めてしまったけど、良かったら食うといい」

「……ありがとう」

兄様から皿を受け取り、ベッドから出るべきか少し迷った後、そのままパン粥《がゆ》を口に運んだ。

「……おいしい。母様の作ってくれる、パン粥《がゆ》と似てる」

兄様の言うとおり、パン粥《がゆ》はもうすっかり冷めていたけれど、ミルクと蜂蜜の優しい味がして、とても食べやすかった。あまり食欲がなかったのに、思わずスプーンを動かす手が速くなる。

夢中で食べる私の姿を見て、兄様は優しく笑った。

「……ディアナは、母さんのパン粥《がゆ》が好きだからな。けれど、貴重な蜂蜜を使うからって、母さんは具合が悪い時にしか作ってくれなくて。ディアナが五歳の時には、パン粥《がゆ》食べたさに、病気になったふりをしたこともあったっけ」

「病気の兄様のパン粥《がゆ》が羨ましくて、少し分けてって強請《ねだ》った結果、全部食べちゃったこともね。……あの時の母様は怖かったなあ」

くすくすと笑いながら、パン粥《がゆ》を呑み込む。情けなくも、懐かしい思い出だ。

『いいよ。母さん。ディアナを怒らないであげて。俺は普通のパンでも、全然構わないから、俺の分のパン粥《がゆ》は全部ディアナに食べさせてあげてよ』

ベッドの上で咳き込みながらも、小さい兄様は、今と同じ優しい笑みを浮かべて、怒られて半べそになった私を見つめた。

『ディアナが嬉しそうにしているのが、俺にとって何よりの薬だから』

私が、ディアナとして物心がついた時から、兄様はずっと兄様で。いつだって私を慈《いつく》しみ、守ろうとしてくれた。

自分が父様と母様の実の子どもじゃないという葛藤も消えたわけではなかっただろうに。兄様はいつだって、私に優しかった。

「……ごちそう様でした」

食べ終えた皿を、テーブルの上に置く。

……そんな優しい兄様の想いを、裏切るのはとても苦しい。だけど……言わないと。

「兄様……私……」

「それじゃあ、俺は皿を食堂に戻してくるから。ディアナは出かける準備をしておいてくれ」

「え……」

私の言葉を遮るようにそう言うと、兄様は笑った。

「王都観光に行くって、話をしていただろう？　……何か話があるなら、夕方に聞くから」

◆　◆　◆

「……おお、すごいな。ディアナ。人がいっぱいだ。昨日の夕方も十分多いと思ったけど、昼間の王都には、さらにたくさんの人がいるんだな」

外に出た兄様は、もう私のことを『アンナ』とは呼ばなかった。

「そうだね。兄様。……こんなにたくさんの人を見たのは初めてだ」

私もまた、偽《いつわ》ることなく、兄様、と呼ぶ。

「セーヌヴェットの王都には、あまり人がいなかったのか？」

「ううん。いたよ。……でも、それを見たのは『私』じゃないから」

アシュリナの記憶の中では、もっと多くの人が集まっている様を見たことがある。

アシュリナは王女で、祭典の際には国中の人々の前に、出ることもあった。

だけど、それはあくまで「アシュリナ」であって、「ディアナ」ではない。

家族の姿だけを見て生きてきた私が、こんなにたくさん人々が行き交う様子を見るのは、初めてなのだ。

「……そうだな。ディアナとアシュリナは、別人だものな」

どこか安堵するようにそう言って、兄様は私と手を繋いだ。

「人なみに流されてはぐれるかもしれないから、手を繋いで行こう。……まずは、昨日行った大聖堂だな。宿の主人から、ほかにもいろいろ観光名所を聞いたし、いろいろ回ってみよう」

昼間見る大聖堂は色鮮やかで明るく、夜見たそれとは全く別の印象を受けた。

「中も開放してるみたいだな。昨夜は見れなかったし、行ってみよう」

兄様と共に、開かれた大聖堂の扉をくぐる。

途端、視界に飛び込んできた色彩に、息を呑んだ。

「……綺麗……」

昨夜二度目に大聖堂に来た時はすでに灯りが消えていたので気づかなかったが、最初に場所を確かめた時に遠くから見えたあの幻想的な光は、窓一面にはめられたステンドグラスによるものだったらしい。

差し込む太陽の光で、きらきらと輝く色鮮やかなガラスが、あまりに幻想的で美しくて、思わずほうっとため息がこぼれた。

「これはまた……ずいぶんと金がかかってそうだな」

一方、私ほどステンドグラスに感銘を受けなかったらしい兄様は、そんなロマンのないことを口にしながら、興味深そうに辺りを見渡していた。

広間にはいくつもの長椅子が並べられており、その奥には、私の背丈ほどの真っ白な石像が立っていた。髪の長い女性が、両手いっぱいに花を抱えて微笑んでいるその像に向かって、椅子に座っている人々は思い思いに祈りを捧げている。

「兄様。あの像は、何を司《つかさど》る女神様かな。春の女神ツーニか、花の女神ドゥアラのように見えるけど」

「──あれは、女神じゃありませんよ。聖女様です。この大聖堂は、古《いにしえ》の時代に、悪《あ》しき力を排除しルシトリアを救った初代聖女様を、祀《まつ》っているのです」

不意に後ろからかけられた声に、びくりと体が跳ねる。とっさに兄様が私の手を引いて、背中に隠してくれた。

振り返った先にいたのは、白い髭《ひげ》を蓄《たくわ》えた、優しそうなおじいさんだった。

「……あんたは、一体」

「ああ、驚かせてすみません。私は、王様から、この大聖堂の管理を任されているものです。あなた達が観光の御方で、大聖堂の歴史にあまりお詳しくないように見えたので、声をかけさせていただきました」

長い年月で刻まれた顔の皺《しわ》を、一層深くしてにこやかに微笑むおじいさんの姿に、警戒を解いた兄様が、ほっと体の力を抜いたのがわかった。

言われてみれば、おじいさんの服装はまさに聖職者のものだ。知らずに張っていた肩の力が抜ける。

「ただ単に、建物を管理するだけではなく、初めてここを訪れた方に初代聖女様の偉業を伝えることもまた、私の使命なのです。……よかったら、このまましばらく話しませんか？」

【聖女】は、セーヌヴェットにおいては、国民を救う、特別な力を持った女性の総称だ。明確な定義はなく、神秘的な力を持たずとも、民のために尽力した心清い女性もまた、【聖女】と呼ばれる。唯一の例外として、ユーリアだけはルイス王によって公式の【聖女】と認められているが、それ以前はセーヌヴェットが公式な呼称として【聖女】の称号を誰かに授けたことはなかった。

そして、おじいさんは今、「初代」聖女と言った。つまり、ルシトリアでは国が認める形で、それまで何人も【聖女】を輩出してきたのだ。

「……兄様」

「……そうだな。せっかくだから、聞いておこう」

何も言わずとも、私の気持ちを察した兄様は、頷いて、おじいさんに向き直った。

「先程は、睨みつけてしまい、申し訳ありません。……お話を聞かせていただけますか」

丁寧に頭を下げた兄様に、おじいさんは朗らかに笑った。

「もちろんです。どうぞ、そちらの長椅子に座ってください。少し長い話になりますから」


【聖女】――それは、神によって、人々のあらゆる傷病を癒す特別な力を与えられた女性。

しかしその力は実は副次的な力であり、彼女が力を有する本来の目的は別にあった。

「あらゆる傷病を操り、世界に災いをもたらす【災厄の魔女】。その野望を打ち砕くことこそが、【聖女】の本来の役割なのです」

【災厄の魔女】は、【厄】と呼ばれる意思を持つ傷病の集合体を操り、自分に都合の悪い人間を次々に葬《ほうむ》っていった。

ルシトリアに生まれた初代【聖女】は、【厄】に取り憑かれた人々を癒し続け、彼女を信奉する騎士を率いて、ついに【災厄の魔女】を打ち倒すことに成功したのだという。

「……しかし、【災厄の魔女】は完全に滅びることはありませんでした。数百年の期間をおいて、再び生を得て、人々に災いをもたらす。それを繰り返しているのです。その度に、神は善良な清き女性に力を与え、【聖女】として【災厄の魔女】に対抗させたのです」

そう言って、おじいさんはひどく悲しそうに目を伏せた。

「古《いにしえ》のルシトリアの王は、この大聖堂を作り、初代聖女を祀《まつ》りました。後世の人々が【聖女】の力を、間違った形で利用しないようにするためです。後代の王もその遺志を引き継ぎ、ルシトリアで新たな【聖女】が生まれるたびに神殿を増やし、【聖女】の伝説を確固たるものにしてきました」

しかし――その伝説は、他国までは広まらなかった。

隣接し、一度はルシトリアを併合したこともある、セーヌヴェットでさえも。

「――それも、神が人間に与えたもうた試練なのでしょうか。神が聖女に選ぶ女性は、必ずしもルシトリアの民に限りませんでした。彼女達は真の役割も知らぬまま、あらゆる傷病を癒す聖女として祀《まつ》り上げられ……その多くは、時の権力者に利用され、囲われたまま果ててました」

それでも【災厄の魔女】が、同じ国内にいた場合は、真の目的が果たされることはあった。

しかし、【災厄の魔女】が他国に現れた場合、権力者は高い対価を提示されない限り、原因不明の病に苦しむ他国の人々のために、聖女を貸し出そうとはしなかった。

その場合は、【災厄の魔女】が寿命を迎えて果てるまで、数えきれないほど多くの人間が犠牲になったのだと、おじいさんは言った。

「『私』が、人を派遣して他国の聖女に真の使命を伝え、密かにルシトリアに亡命させたこともありました。しかし、聖女に【災厄の魔女】を打ち倒してもらうことには成功したものの、亡命前に囲っていた国が彼女を取り戻すべくルシトリアに攻め込み、大きな戦争が起こりました。その結果ルシトリアは弱体化し、セーヌヴェットに併合されたのです。……あれは長い私の生の中でも、特別苦い記憶です」

おじいさんの言葉に、ハッとする。……今、この人は「私」と言わなかっただろうか。

ルシトリアがセーヌヴェットに併合されたのは、遙か昔の話だ。それなのに、何故まるで体験したことのように話すのだろうか。

「っ！」

次の瞬間、音を立てて大聖堂の扉が閉まった。隣に座っていた兄様の体が、がくりと傾く。

「兄様！」

「ご安心ください。あなたとお話をするために、しばらく眠ってもらったのです。……大聖堂にいる人も皆」

あわてて周囲を見渡すと、大聖堂の中で祈りを捧げていた人が皆、長椅子に突っ伏すように眠っていた。

「あなたのお兄さんは、とても精神力が強い御方ですね。通常ならば、私程度の術は、跳ね返していたことでしょう。……しかし、この大聖堂は私の領域。この中では、私は誰より強い力を行使することができる」

「っ！　あなたは、一体……！」

おじいさんの顔を改めて見据え、ぎょっとした。そこに立っていたのは、もはや皺《しわ》だらけの穏やかな老人ではなかった。

真っ白な長い髪の美しい青年が、おじいさんが浮かべていたのと同じ穏やかな優しい笑みを浮かべて、私を見つめていた。

「驚かないでください、当代の聖女様。先程の姿も、今の姿も、どちらも私なのです。――私はこの大聖堂に、永遠に縛《しば》られ続けることを代償に、死と人間としての時を超越する力を得ました。私は自分が望むままに、自身の姿をかつての姿に変えられるのです」

青年の姿は、次の瞬間、今度は年端《としは》のいかない少年に変じていた。

しかし、姿がどれだけ変わっても、浮かべる笑みは同じ、穏やかで優しいものだった。

「……あなたは、誰なの……」

「私は、かつて、初代聖女に仕《つか》えた騎士」

少年は、元の青年の姿に戻りながら、ずっと細めていた目を見開き、その金色の瞳を私に向けた。

「人としての輪廻《りんね》から解脱《げだつ》したことで、神の声を時おり聞けるようになり——今は、【予言者】と呼ばれております」

「あなたが、予言者……？」

『ルシトリア王室には、専属の予言者がいるのです。ルシトリア王家に関わる、未来を見通すことができる異能者が。——もっとも予言は必ず的中するものの、いつ未来視が降ってくるかはわからず、必ず望んだ未来を見られるとは限らないのですが』

いつぞやのシャルル王子の言葉が、脳裏を過《よぎ》る。

「おや、私の存在をご存じでしたか？」

「……シャルル王子が言っていました。ルシトリア王家に関わる未来が見えると」

「それは、シャルル王子の勘違いですね。私はただ、気まぐれにもたらされる神の言葉を伝えるだけ。その言葉が結果的に、ルシトリア王家の未来に関係しているだけで、王室のために未来視をしているわけではありません。……もっとも、私の事情をきちんと知っているのは現王だけなので、勘違いするのも仕方がないことなのでしょうが」

「あなたが、シャルル王子と私が出会うことを予言されたのですよね」

「出会えるかどうか、確信はありませんでした。私が神から聞いた言葉は『シャルル王子がセーヌヴェットに単身で赴《おもむ》けば、必ず死の淵《ふち》に立たされることになるが、その代償として、ルシトリアは姫様の病を癒せる真なる聖女を得る』という物でしたから。それが、実際どんな形で果たされるのか、私にも予想はできませんでした」

……そうだ。シャルル王子もそう言っていた。無事に聖女を得たとしても、自分の命が助かる保証はなかった、と。

「……何故、あなたは、私が当代の聖女だと……？」

「全ては、神のご意志。昨夜私が、新たな神の声を聞いたからです」

神は、こう告げたのだという。

『ルシトリアの王女は、当代の聖女によって救われた。聖女は明日、彼女に忠実に従う騎士と共に、大聖堂を訪れるだろう。聖女の真なる使命を説明し、彼女に進む道を選ばせるように。彼女が自ら聖女となる道を選ばなければ、ルシトリアは聖女を永遠に失い、やがて災厄の魔女の手で滅ぼされるだろう』

「一目で、あなたが当代の聖女だとわかりました。あなたのまとう雰囲気は、初代聖女によく似ている」

「……」

「……私が、お話しすることは以上です。後は全て、あなたの選択次第。私は、今日の夕方、日が沈む頃、王にこの予言を伝えようと思います。あなたが聖女になることを望まないのなら、その前にルシトリアを出てください。予言の通りなら、あなたが王の追っ手に捕まることはありません。私もあなたが逃げることに協力いたします」

「……ルシトリアを救えとは言わないのですか？」

「――言えると思いますか？」

予言者は、そこで初めて浮かべていた笑みを完全に消した。

「真の聖女と災厄の魔女を見分けることができずに、あなたの前の生であったアシュリナ王女を死なせた私が、そんな勝手なことを」

予想外の言葉に、息を呑んだ。

「……あなた……知って……」

「一度の生で使命を果たせなかった聖女は、次の輪廻《りんね》の際に、前世の記憶と力を引き継ぎます。聖女が、災厄の魔女より先に亡くなった時には、死後すぐに転生します。転生するより先に災厄の魔女が何らかの原因で滅した場合には、数百年後新たな災厄の魔女が生まれた際に、魔女と同時に新たな生を受けます。……使命を果たさない限り、記憶と力は、何度でも引き継がれるのです」

予言者は、そこで一度言葉を切って、静かに目を伏せた。

「……セーヌヴェットの聖女の存在は、早い段階から私の耳に入っていました。しかし、神の予言はなく、ここから離れられない私は、アシュリナ王女を聖女と断定することができませんでした」

「――【災厄の魔女】もまた、傷病を治ったように見せる力を持つからですね」

「はい。……アシュリナ王女の存在を知って、さほど時間が経たないうちに、セーヌヴェットのある田舎《いなか》町に、あらゆる傷病を治すことのできる、奇跡の力を持つ少女がいるという噂が聞こえて来ました。……もう、おわかりでしょう。その少女が、聖女ユーリアです」

災厄の魔女は、傷病を治ったように見せることができるが、聖女のようにそれを完全に消すことはできないのだ、と予言者は言った。

災厄の魔女により取り除かれた傷病は何らかの形で保管され、その後に取り除かれた様々な傷病や、魔女自身の悪意と入り混じり、やがて【厄】と呼ばれる意思がある結合体になる。成長した【厄】は、やがて魔女の手には負えなくなり、【器】を求めて暴れるようになるのだという。

「……【器】。それは即ち、人間の体です。【厄】を体内に入れられた人間は、あらゆる苦痛を味わい、じわじわと死に向かいます。【器】となった人間が、激しい苦痛の末に死んでようやく、【厄】は消失するのです」

【災厄の魔女の呪い】と呼ばれる、その症例が出て初めて、どちらが聖女か判断できるようになる……しかし、ユーリアは狡猾《こうかつ》だった。【厄】が成長し、【災厄の魔女の呪い】が発生する限界値を迎える前に、やがて敵になるであろう聖女を……アシュリナを、【災厄の魔女】として排除したのだ。

「アシュリナ王女が亡くなって、しばらくした後、【厄】は少しずつ少しずつこの世界のあちこちに広まって行きました。しかし、【厄】の器にされた者の多くは、医者にかかる金銭を持たない貧民だったようで、【厄】は単なる伝染病とされました。……気づいた頃には手遅れだった」

予言者はそう言って、静かに目を伏せた。

「ユーリアを殺せば、【厄】がそれ以上広まるのは防げたでしょう。しかし、彼女はセーヌヴェットで手厚く守護されている。……アシュリナ王女が生まれ変わり、次の聖女として【厄】を消失させること。それだけを希望に、あなたが現れる日を待ち望んできました」

「……それならば、何故聖女になれと、命令しないのですか。それが、あなたの役割なのでしょう」

「いいえ。私の役割はあくまで、真実を伝えることだけです。……使命を果たせなかった者が、何故前世の記憶を持って転生するのか。私はそこにこそ、神の御意思があるのだと思います。身をもって人の醜《みにく》さを知った聖女が、全てを知った後にどんな道を選ぶのか。それによって、神は『人間』という種を存続させるべきか否《いな》か、推し量っているのです」

今もまだ、目をつぶれば、炎が見える。私を弾圧する人々の姿も。

……救え、救えと、胸のうちでささやきながら、あえて前世の記憶を思い出させ、「本当にあれを救えるのか？」と問いかけるだなんて。

「……神様というのは、ずいぶん残酷なのですね」

「ええ。私もそう思います。……あなたは、神と人間を憎んでもいい。憎んで当然なのです」

「あなたは、神の信奉者なのに、そんなことを言って良いのですか？」

「私は、神の声を聞くだけ。身勝手で、残酷な神を、信奉してはおりません。今も昔も……私が信奉しているのは、かつて私が仕《つか》えた初代聖女様だけ」

そう言って予言者は、切なげに初代聖女の像を見つめた。

「……どうしても、もう一度会いたかった。変わらぬ私のままで、生まれ変わったあの御方と出会い、もう一度彼女を支えたかった。清く美しい魂を持つあの御方なら、きっとまた糞《くそ》ったれな神によって、聖女などという理不尽な役目を押しつけられる。その時に、全ての真実を知る私が、支えてあげられるように……私は人間であることを捨て、この大聖堂に留まり続けたのです」

……そんなことのために、彼は人であることを捨てたのか。

何百年、何千年もただこの大聖堂に縛《しば》られて。本当に、再び巡り合えるかどうかの保証もないのに。

改めて、ぐるりと大聖堂を見渡した。建物の構造は古い様式のようだが、建物自体は百年と経過していないように見える。

きっと大聖堂もまた、彼と共に時を止めたのだろう。そう考えると、この大聖堂自体が、予言者である彼の墓碑のように見えた。

「……情報を、ありがとうございます。おかげで迷いを捨てることができました」

私の言葉に予言者は切なげに、顔を歪《ゆが》めた。

「ああ。やっぱり。――それでもなお、あなたは運命に従うのですね。人の醜《みにく》さも、世の不条理さも、全て知っていながら」

きっと彼は、私を通して初代聖女の姿を見ているのだろう。

それでも私は、彼の受け皿になることはできない。

私は「ディアナ」だから。記憶があってなお、「アシュリナ」ですらない私が、彼の記憶の中に生き続ける「初代聖女」になることなぞ、できるはずがないのだ。

「……兄様を、起こしてもらえますか。話が終わったのなら、別の場所へ向かいます」

彼の本当の名前は、聞かない。聞いてはいけない気がした。

彼の名前を聞いて、初代聖女との思い出を共有するのは、私じゃない。それはきっと、次代か、その後か……いつか巡り来る、別の聖女の役目だ。

「はい。……その前に、最後に手をお貸しください」

差し出した手を恭《うやうや》しくとって、予言者は手の甲に、そっと口づけた。

「あなたに——初代聖女の祝福がありますように」

「……」

「もし、何か困ったことがあれば、また大聖堂に遊びに来てください。私は、たとえルシトリアの王に逆らうことになっても……傲慢《ごうまん》で残酷な神に逆らうことになっても、必ずあなたを救います。私は聖女であるあなたの、味方です。そのことは、忘れないでください」

再び笑みを浮かべてそう告げると、予言者は宙に溶けるように、姿を消した。

「——う、ん」

「……兄様。起きて」

「……ディアナ？　……俺はこんなところで、寝ていたのか⁉」

兄様が飛び起きたと同時に、周囲の眠っていた人達も次々に目を醒《さ》ました。できるだけ、周囲の異常を兄様に気づかれないように、下からその頬を挟み込むようにして、兄様の顔をこちらに向けた。

「……昨日いろいろあったから、兄様も疲れてたんだね。おじいさんが話している途中でうとうとしだして、そのまま眠っちゃってたよ」

「……じいさんは、どこへ行ったんだ」

「話が終わってすぐに、奥へ引っ込んで行ったよ。……ほら、そこの扉から」

告解室らしき扉を指さすと、兄様は黙り込んだ。その顔は明らかに、納得していない様子で、今すぐにでも、扉の奥に怒鳴りこんでいきそうだった。

だけど、私は嘘が露見する心配はしていない。この大聖堂は、予言者の領域。ならば、姿は見えなくともきっと、彼はまだ私と兄様の会話を聞いているはずだ。

兄様が何らかの動きを見せたら、きっと予言者は即座に私の嘘に合わせてくれる。そんな自信があった。

「……ディアナ。怪我はないのか」

しかし、兄様が扉の方へ向かうことはなかった。ただ真実を見定めるように、まっすぐに私を見据えた。

「うん。……怪我もしていないし、傷ついてもいない」

「なら、いい。……こんな気持ち悪い場所、早く出るぞ」

兄様に手を引かれ、大聖堂の出口へ向かう。

途中一度だけ振り返ると、初代聖女の像の傍らでにこやかに微笑みながら手を振る、真っ白な髪の少年の姿があった。


「……ルシトリアの王都というのは、油断がならないところだな。あんな場所、行かなければよかった」

「……ねえ、兄様。これから、観光するのなら、私行きたい場所があるのだけど」

「どこだ？　せっかくの機会だ。遠慮なく言ってくれ」

……大聖堂を出て、ようやく気を取り直した兄様には、申し訳ないけれども。

それでも、きっと私は行かなくてはいけないんだ。

「……聖堂」

「っ」

「初代以外の聖女を祀《まつ》る聖堂が、この王都の中にいくつかあるって、おじいさんから聞いたんだ。せっかくだから、全部行っておきたい」

私の言葉に、兄様は唇を噛み、しばらく黙り込んだ。

「……もし、俺がまた、何故か突然『居眠り』をするようなことがあれば」

「……うん」

「その時は、問答無用で聖堂巡りは中止だ。……それでいいか」

「うん。……ありがとう。兄様」

巡った聖堂には、それぞれ管理者がいて、話しかけると積極的に祀《まつ》られている聖女のことを教えてくれたけど、彼らは予言者のような特殊な存在ではなく、伝説上の聖女を信奉する普通の人間だった。

兄様は、聖堂にいる間ずっと、警戒するように管理者を睨みつけていたけど、私が管理者に話しかけるのを止めることはなかった。

ルシトリアにかつて存在した、聖女達。彼女達もまた、様々な葛藤の末に聖女になる道を選び、当時の【災厄の魔女】を打ち倒したのだろう。

最後の聖堂を出た時には、胸の決意はもはや揺るぎないものになっていた。

◆　◆　◆

父様と母様へのお土産《みやげ》を買い、日が暮れた後に夕飯も食べて、宿に戻った。

夕飯を食べ終えると、兄様の口数はどんどん少なくなり、表情も徐々に険《けわ》しくなった。

「宿の部屋に到着して、後はもう夜、もう一度お城に行くだけ。……だから、もういい加減、話してもいいよね。兄様」

「……」

ベッドの縁《ふち》に腰を掛けたまま、黙り込んで俯く兄様の前に立ち、そのまま床に膝をついた。

力なく投げ出された兄様の手を、両手で包みながら、下から兄様をのぞき込む。

「……私、聖女になるよ。兄様。聖女になって、ユーリアの企みを止める。私はそのために、こんな力を持って生まれてきたんだもの」

「……それが、どれほど危険で、どれほど家族を悲しませるか知っていてもか」

「うん」

……今日、かつての聖女達の軌跡を目にして来たことで、確信した。私は、彼女達のように清らかで美しい存在になんかなれない。

清らかで美しい存在になろうとしたアシュリナの最期が、どれほど悲惨なものだったか、知っているから。私は、信念のために、自分の命を犠牲になんてできない。民のためなら、再びアシュリナのような運命を迎えても構わないなんて、口が裂けても言えない。

――それでも、私は聖女になる。聖女になって、【災厄の魔女】を打ち倒す。

ほかの誰でもなく、私自身のために。

「……だって、私だけなんだもの。ただの病や傷ならば、お医者さんだって治せる。――だけど、あの黒い霧を取り除くことができるのは、私しかいない。私だけが、【災厄の魔女】ユーリアの野望を打ち砕くことができるんだもの」

結局のところ私以外の誰にも、それが成せないから、やる。それだけの話なのだ。

私が役目を放棄すれば、人はどんどん死ぬし、予言者の言葉が正しいならば、今生のつけは、来世にこの記憶と共に降りかかることになる。

生涯逃げ回りながら、自身の使命を果たさなかった後悔と、大勢の人を死なせた罪悪感に苦しむなんて、ごめんだ。ましてその苦悩が、来世まで引き継がれるだなんて。

「ほかの誰のためでもなく、私は私のために【聖女】になるよ。【聖女】としての役割を果たして、ただのディアナとして、幸福になるために」

「……」

「きっと私の中のアシュリナも、それを望んでいる」

沈黙の後に静かに口を開いた兄様は、目を伏せながら俯いた。

「迷った末にディアナが決意したことだ。……本当は、俺は、お前の背中を押してやるべきなんだろうな」

「……兄様」

「それでも、どうしても、嫌だと思ってしまう。……お前が、聖女になって、利用されるだけ利用されて殺されてしまったら、と思うと……怖くて仕方ないんだ」

兄様は私の手を握り返して、祈るようにその手を額に当てた。

「……ディアナ。お前にアシュリナ王女の記憶があるなら、覚えているだろうか。……俺がかつて、アシュリナ王女の力によって救われたことを」

「……え」

「護衛騎士として、アシュリナ王女の手をわずらわせてはいけないと思っていたアルバート父さんも、産後の肥立ちが悪かった母さんを死なせてしまったことで、割り切れなくなったらしい。生まれたばかりの俺が、流行病になって死にかけた時に、アシュリナ王女に頭を下げて、力を使ってもらったと聞いた」

……そんなこと、あっただろうか。言われてみれば、そんなこともあったかもしれないけれど、よく覚えていない。

だって、アシュリナにとって、誰かを力で救うことは当たり前だったから。特に母様がいなくなり、父様が戦地アニリドに送られた後の、アシュリナの治癒活動は狂気じみてさえいた。

救わなければ。聖女の使命を果たさねば。——ただ、そればかりに囚《とら》われていて。

息を吸うように救い続けた、数えきれない数の患者のひとりでしかない兄様のことを、ちゃんと覚えているはずがなかった。

「……命を救ってくれたアシュリナ王女には、感謝している。救われた俺が、お前が聖女になることを否定するのは、おかしな話だとも理解している。……でも俺は、聖女なんかじゃないディアナからも、今まで数えきれないほど救われてきたんだ」

——癒しの力をもつ聖女ではない、ただの「ディアナ」を兄様は肯定してくれる。

「もし、ディアナがいなければ……俺は、アルバート父さんと、父さんが仕《つか》えた主であり、俺自身の命の恩人でもあるアシュリナ王女が殺された復讐を果たすために、今ごろきっとセーヌヴェットのどこかに潜伏していた。ダン父さんや母さんが与えてくれる温もりも、本当の親じゃないことを理由に拒絶して、何十年も怒りと憎悪を募らせ続けたと思う」

「……」

「家族の温もりを。誰かを大切に守ることの胸の温かさを。愛する者と共に生きる幸せを。全て最初に俺に教えてくれたのは、ディアナだ。……力なんてなくても。お前がアシュリナ王女の生まれ変わりじゃなくても。いつだってお前は俺を救っていたんだよ」

……違うよ。兄様。救われていたのは、ずっと私の方だよ。

本当の妹でもないのに、ずっと大切に慈《いつく》しんでくれて。私の秘密を知ってなお、変わらない愛情で包んでくれた兄様がいたから、私は「アシュリナ」を理不尽に殺した人間を、憎まないで済んだんだよ。

「だから……正直俺は、何があっても、ディアナを聖女にする気はなかった。たとえディアナがどれほど望んだとしても、王女の病の治療が終わったら、無理やり連れて帰ろうと。それが、ディアナにとって一番の幸福なのだと思っていた」

「……兄様」

兄様はそこで一度言葉をきって、泣きそうな顔で私の手を一層強く握った。

「……でも、昨日王女を癒すディアナの姿を見たら……本当にそれでいいのか、わからなくなった。俺はディアナみたいに黒い霧なんか見えなかったけれど……あんな病がこの世に存在し続けたらいけないことは、理解できた。あれは、ただの病じゃない。もっと邪悪で、歪《いびつ》なものだ。あんなもの、そのままにしていちゃいけない……」

「……」

「あれを消すことができるのがディアナだけならば、ディアナは聖女になる必要があるのだろう。……頭では、わかってる……わかっているんだ」

兄様の目から、ぽろりと涙がこぼれ落ちた。

「……ごめん、ディアナ。俺が必ず、正しい道にお前を導いてやるって約束したのに。神に逆らってでも、お前の意思を守ってみせるって言ったのに。……わから、ないんだ……何が正しい道なのか。俺はどうするべきなのか。……聖女にさせても、させずに逃がしても……どちらを選んでも、お前を苦しめる気がして」

兄様が私の前で、こんな風に泣くのは初めてだ。私が兄様をこんな風に泣かせているのだと思うと、胸が痛んだ。

「……いいよ。いいんだよ、兄様。選んでなんか、くれなくて。これは、誰かに強要されたわけじゃなく、私が選んだ道だから。神や、周りに強要されたわけではなく、私が、聖女になって使命を果たすことに決めたんだよ」

聖女の正しい役割を知った今、私はもう二度と「救わなければ」という理由のわからない衝動に、惑わされることはないだろう。

どこまでが、真実を知らなかった「アシュリナ」の意思の残滓《ざんし》で、どこまでが神自身の導きなのか、今の私には正しく線引きができる。その上で、私は自らの意思で進む道を選択できるのだ。

兄様に、私の人生の選択をゆだねる必要は、もうない。

「……兄様の言う通り、どっちを選んでも、きっと私は苦しむんだ。でも、同じ苦しみを味わうなら、誰かの役に立って、【ディアナ】である自分を誇れる道を選ぶ。そのためなら、聖女という立場もルシトリアの王室も、利用しようって決めたんだ」

「……ディアナ……」

「兄様には、私の選択の結末を、隣で見届けてほしい……嫌、かな？」

「……嫌なわけ、あるか」

兄様は、そう言って、強く私の体を抱きしめた。

「……俺も、母さんのことを笑えないな。ディアナはもう、守られるだけの子どもじゃないのに。いつの間にか、俺が正しい道を示さなければいけないのだと、無意識のうちにディアナを管理しようとしていた」

「……兄様」

「……わかったよ。ディアナ。俺はもう、止めない。お前が選んだ道を応援するよ。聖女じゃなくても、俺にとってディアナは大切な存在だけど……聖女だろうが、ディアナがディアナであることは変わらないものな」

兄様は私の頬を両手で挟むと、口づけの近さでこつりと額を合わせ、微笑んだ。

「お前が聖女になるというのなら、俺はお前の騎士になるよ。……王ではなく、お前のためだけに、剣を振り続ける。嫌だなんて言うなよ。俺にお前を守らせてくれ」

……兄様が、私の騎士に？

『ルシトリアの王女は、当代の聖女によって救われた。聖女は明日、彼女に忠実に従う騎士と共に、大聖堂を訪れるだろう』

予言者の言葉を思い出し、唇を噛んだ。

……これもまた、運命だと言うのだろうか。

兄様が、私の騎士として私を守ることも、全て神によって定められていたのだと思うと、ひどく苦しい気持ちになった。

かつて、初代聖女に仕《つか》え、その強い忠誠心故に人であることをやめた予言者。彼のように自らの身を、私のために犠牲にさせたくない。

……ああ。それでも。

「……兄様。一緒に、理不尽な運命と戦って、くれる？　神や私にただ従うのではなく、自分の意思で運命を選び取るって、誓ってくれる？」

「馬鹿なことを聞くなよ。お前はともかく、神の意思なんぞ俺が知るもんか。たとえ全てが神の掌《てのひら》の上のことだったとしても、いつだって俺は、自分の意思で未来を選んでいるよ」

兄様は私の片手を取ると、その甲に優しく口づけた。

「……全てはただ、お前の幸せのために。お前のためなら神にも逆らうと前も言ったけれど、俺はお前のためなら神の犬にだってなれるんだ」

……予言者も、かつてこんな風に、自らの道を選んだのだろうか。聖女の幸福のために、騎士になると決めたのだろうか。

「……ありがとう。兄様」

兄様を、私の定めに巻き込むのは怖いけれど……それでも私には、どうしても兄様が必要なのだ。

「どうか騎士として、私を助けてください。……兄様が隣にいてくれれば、私は『ディアナ』でいられるから」

兄様がいれば、私は「ディアナ」でいられる。

ひとりで立っていた、かつての「アシュリナ」のように、自らの使命に飲み込まれたりしない。

「救えない者もいるのだ」という現実も、きっと受け止められる。

「もちろんだ。……ああ、でも王女の件が片付いたら、一度家に戻るぞ」

「……父様と、母様に全てを伝えるの？」

「そうだ。……『ディアナ』を『ディアナ』でいさせてくれる相手は、ひとりでも多い方がいい。それに父さんや母さんも、ディアナを助けることを望むはずだ」

「……兄様だけじゃなく、父様や母様まで巻き込んじゃっていいのかな」

巻き込むのが兄様だけでも、心苦しいのに……

しかし、ためらう私を、兄様は強い眼差しで見据えて、首を横に振った。

「――ディアナ。聖女になると決めたのなら、巻き込む覚悟も決めろ。俺達は、ディアナが大事だから、ディアナがどんな選択をしても結局は自分から巻き込まれにいくんだ。結果が同じなら、どうせなら自分の口から頼んだ方がいいだろう？　……俺達は、家族なんだから」

「……そうか。……そうだね」

元々、この旅にもついて来ようとしていたくらいだ。私がどれだけ巻き込まないようにしたところで、父様も母様も、今度ばかりは、決して譲らないだろう。

「……それに、父様や母様は、真実を知っていた方がいいのかもしれないね。【聖女】と【災厄の魔女】の争いに、すでにふたりは巻き込まれているのだから」

争いに巻き込まれた結果、父様は部下や弟を失い、騎士の立場と祖国を捨てた。母様もまた、様々なものを失った。

ふたりは、何故自分達がそんな目に遭ったのか、知っておくべきなのだ。

失ったものは取り戻せなくても、きっとそれはふたりの未来のために必要なことだから。

「これだけは忘れるな。ディアナ。聖女になることを選んだお前の未来には、様々な困難が待ち受けているだろう。敵の親玉は一国の王に取り入っている。誰が敵になるかわからないし、敵でも味方でもない民の心ない言葉に、傷つけられることだってあるだろう。……それでも、俺達家族はいつだって、ディアナの味方だ。俺達家族は、決してお前を裏切らない。それだけは、覚えていてくれ」

……ああ、やっぱり。私は、アシュリナとは違う。

だってアシュリナには、「騎士」や「侍女」はいても、「家族」はいなかった。こんなに近い場所に、い続けてくれる人は。

「……ありがとう。ティムシー兄様が、私の兄様でいてくれて、よかった」

特別な存在がいるからこそ、強くなれる。

きっと私は、歴代のどの聖女よりも、強い聖女になってみせる。

私を守ってくれる彼らを、私自身が守れるように。

◆　◆　◆

「……ああ。ディアナ様。兄君。本当に今夜も来てくださったのですね」

約束の刻限に、大聖堂の前で待っていたシャルル王子は、私達の姿を見るなり安堵の表情を浮かべた。

「……報酬も貰ってないのに、このまま帰るはずないだろ」

兄様の言葉に、シャルル王子は苦笑した。

「そうですね。……それでも兄君なら、そのまま帰った方が面倒事に巻き込まれずに済むと判断されるかな、と」

「面倒事の自覚はあるんだな」

「一国の王族なんて、関わるだけで面倒事の種ですから。……でも、私はもう、これ以上ディアナ様や兄君の面倒事になるつもりはありませんよ。ミーシャには、今日一日は病が治ったことは秘すように言い含めてあります。もちろん、聖女が現れたことも」

予想外の言葉だった。そしてそれは、兄様も同じだったらしい。

「……王族にとって、あらゆる傷病を癒す聖女という存在は、政治的にも実利的にも有用だろう。それなのに、ディアナを囲い込もうとは思わないのか」

「……それも、考えなかったと言えば嘘になりますけどね。と、言いますか、私は何も考えずに動けば、周りが勝手に私の都合良く動いてくれるような、そんな星の下に生まれたふしがあります。だから、私が普通に振る舞えば、ディアナ様を囲い込むのは簡単だったでしょう。……ですが」

シャルル王子は、不思議な熱が篭もった目で、私を見つめた。

「……昨夜、ディアナ様が献身的にミーシャを救う姿を見て、考えを改めました。ミーシャのために、必死に未知の病と戦うディアナ様の姿は、神秘的で……美しかった」

思いがけない褒め言葉に、どきりと心臓が跳ねた。

「私が強制しようとしなかろうと、きっとディアナ様なら、苦しむ人々を救おうとするのだろうと、私は確信しています。あんな風にミーシャを……そして、傷つき倒れた私を、救ってくれたのだから。ならば、あなたを王城に縛《しば》る必要はありません。私はただ、王子の立場を使って、あなたのなさることを、手助けするだけです」

熱っぽく語るシャルル王子を、兄様は鼻で笑った。

「……なるほど。あんたはそんな風に、さも自分の意思ではないように語りながら、人を都合良く誘導するというわけだな。よく、わかった」

「……誘導なんて、そんなつもりは……」

「無意識だから、あんたは性質《たち》が悪いんだよ。信頼という枷《かせ》で、ディアナを聖女にしようとしている。……まあ、とりあえずミーシャ王女の口止めをしたことに関しては、感謝しておくけどな」

昼間の大聖堂で眠らされた兄様は、予言のことを知らない。そして恐らく、シャルル王子も伝えられていないのだろう。

――今夜、王は、ミーシャ王女の部屋を訪ねてくる。私と会って、話をするために。

ふと思い立って視線を巡らせると、灯りがついていない、大聖堂の窓に白い人影が映っているのが見えた。

暗闇の中でも、不思議にくっきりと浮かび上がった予言者は、淋しげな笑みを浮かべて、私を見つめていた。


「……ああ、聖女様。来てくださったのですね！　うれしい……」

私が部屋に到着するなり、ベッドに身を横たえたミーシャ王女は、顔を輝かせた。

……ああ、やっぱり。改めて見ても、この子はどこか「アシュリナ」に似ている。

「調子はいかがですか、ミーシャ王女。どこか痛いところはありませんか？」

「はい。聖女様のおかげで、もうすっかり良くなりました。こんなに体が痛くなくて、苦しくもないのなんて、いつ以来でしょう……」

ミーシャ王女はダークブルーの瞳から、ぽろぽろと涙を流しながら、微笑んだ。

「……今も、信じられないんです。どんなお医者様に診ていただいても、匙《さじ》を投げられたあの病が、治るだなんて。痛みや苦しみに苛《さいな》まれることなく、生きられるだなんて、夢みたい……」

「夢じゃありませんよ。王女様。寝たきりの生活で衰えた筋肉さえ戻れば、またあなたは以前のように生活できるようになります。全て元通りになるんです」

「ああ……聖女様。本当になんてお礼を言っていいのか……」

すすり泣くミーシャ王女に微笑み返しながら、そっと手をかざす。

「……病の残滓《ざんし》がないか、確かめますね」

体のどこかに、あの【厄】と呼ばれた黒い霧が残っていたら、危険だ。

足の先から頭の先に至るまで、ミーシャ王女の体をくまなく確認していく。


「……大丈夫です。もう。病の欠片は残っていません」

「よかった。……聖女様。ありがとうございます」

「ディアナ様。……本当にありがとうございました」

ミーシャ王女に続けるようにシャルル王子がお礼を言った瞬間、背後で扉が開く音がした。

「――余からも、礼を言わせてほしい。当代の聖女よ。余の子供達の傷病を癒し……そして、何よりも、今日ここへ、そなたが足を運ぶ決断をしてくれたことに」

振り向かなくても、その荘厳な声の持ち主が誰か、想像がついた。

「――お待ちしておりました。陛下」

そう言いながら振り返った先にいたのは、立派な黒い髭《ひげ》を蓄《たくわ》えた背の高い壮年の男性だった。

髪や瞳の色は違うけれど、顔立ちはシャルル王子とよく似ている。

供もつけず、単身でミーシャ王女の部屋にやって来たルシトリア国王は、まっすぐに私を見据えながら、扉の前に佇んでいた。

第六章　王との密約

「父上⁉　何故ここに……まさか、ミーシャ、父上に話したのか⁉」

「いいえ、いいえ！　私は誰にも言っておりません！　話せば、聖女様が今夜来てくれなくなるって、シャルル兄様に言われたもの！　今日は兄様以外の方とは誰とも話さず、ずっと寝込んだふりをしておりました」

騒ぐシャルル王子とミーシャ王女を横目で見ながら、兄様は静かに私に話しかけた。

「……ディアナ。お前は、こうなると知っていたのか」

「知っていたよ。……予言を聞いたの」

「……俺が大聖堂で眠らされていた時か」

兄様は舌打ちを漏らしたものの、そのことについて、それ以上突っ込むことはしなかった。

全てを知った上で、私が聖女になることを選んだのを、兄様は誰より理解してくれているからだ。

「……ディアナ。大聖堂で、あのじいさんから聞いた話を、後で全部聞かせろ。俺は、聖女の騎士なんだろう？　ならもう俺達の間に、秘密はなしだ」

「うん。わかった。……言ってなくて、ごめんね。兄様」

「いいさ。……どうせ、いつかは王とも、話さなければと思っていたんだ」

「——話は終わっただろうか。聖女と、その騎士よ」

淡々としていながらも、威圧感のある声に、思わず体が震えた。

——これが、ルシトリアの国王。

王族を、私は何人も知っている。シャルル王子や、ミーシャ王女。そして、アシュリナの記憶の中で、セーヌヴェットの先王や、腹違いの兄であるルイス王はもちろん、王女として様々な王侯貴族と対峙して来た。

けれど、一声発しただけで思わず背筋を伸ばしたくなるような、これほど強いオーラをまとった人を見たのは初めてかもしれない。

かつて、アシュリナとして対峙したことがあるルシトリアの国王は、もっと年老いた王だったように思う。シャルル王子にふたりの兄がいるという話を聞く限り、すでに当時は何人も子どもがいるような年齢だったはずだけど、どうしてこんなにも強いオーラを持つ人が、王位を継いでいなかったのだろう。

「夜は短い。すぐに本題に入らねばならないことは承知しているが、先に娘の体調を確認しても構わないだろうか」

「……それは、もちろんです」

「そうか。感謝する」

ルシトリア国王はつかつかと、ミーシャ王女に近寄ると、感情の読めない表情で、王女を見下ろした。

「……王女よ。どうだ。体調は回復したか」

「……はい。父上。聖女様のおかげで、もうすっかり良くなりました」

「ならば、よい。しっかり休息し、体力の回復に努めるように」

それだけ言うと、王はまるで興味をなくしたかのように、さっさと王女のもとを離れた。不治の病を患い、瀕死の状態だった娘と父親の会話とは信じられないほど、短く義務的な会話だった。

「待たせたな。聖女よ」

「……いいえ、全く待ってはおりませんが。……むしろ、こんな短くてよろしかったのですか？」

「？　何故、これ以上話す必要がある。聖女の力で、ミーシャの病は去った。ならば、今話さずとも、今後いくらでも話す機会はある。それよりも、今しなければならぬ聖女との話を、優先するのは、当然だろう」

正しいと言えば正しいが、父親としては、あまりに冷淡に思える言葉に、絶句する。

……王は、ミーシャ王女が生きようが死のうが、どうでも良いと思っているのだろうか。

「……あの、ディアナ様。あまりお気になさらないでください。父上はいつもこうと言いますか……基本的に合理主義者で、あまり感情を表に出されない方なのです。こう見えて、ちゃんとミーシャのことも、大切に思っているのですよ」

「何を、当たり前のことを」

シャルル王子の助け船にも、王はわずかにも表情を変化させぬまま、心外だと言うように鼻を鳴らした。

「子に情愛を抱かぬ親など、おらぬ。仮にごく一部存在していたとしても、圧倒的に多くの親は、子を愛し慈《いつく》しむものであり、余もまた、しかりである。子が死にかければ、悲しみ、それが他者の害意によるものなら、憤《いきどお》る。そして子が助かれば安堵もする。しかし、その感情を表に出すことには、何の利も感じぬのだ。時間と労力を、無駄にするだけであろう」

「……すみません。こういう御方なのです」

感情に常に振り回されている私にとって、王は完全に理解を超えた方だった。

どうすれば、こんなにあっさりと割り切ることができるのだろう。まるで精巧にできた、人造人間と対峙しているような気分だ。

「聖女と、その騎士よ。ここでは、ミーシャが休むのに邪魔になる。話し合いの場所を、余の執務室に移そう」

「……父上。私も、一緒に」

「シャルル。お前は、不要だ。自らの命を懸けて、聖女を城に連れて来たことは評価するが、既にお前の役目は終わった。お前はもう、聖女と関わるべきではない。自室に戻れ」

まるで切り捨てるかのような王の言葉に、シャルル王子がぴしりと固まった。

「何故です、父上!? 私はディアナ様には大恩があります！ 私は、それに報いる必要が……」

「恩を返すことが目的ならば、親である余に任せればいい。そもそも、第三王子に過ぎぬお前に、恩を返す力があるとも思えぬ」

憤《いきどお》るシャルル王子に、王は感情のわからない黒い瞳を向けながら、淡々と返した。

「っ……ですが、私はここまで、関わって来たのに……」

「ここまで関わって来たからこそだ。これ以上、お前が聖女に関わることは、我が国にとって、害にしかならぬ」

「何故です⁉」

「お前が、第三王子であり――兄ふたりほどは、王の資質を持っておらぬからだ」

王の容赦のない一言に、シャルル王子は言葉を失った。

「王の資質がないことは、気にする必要はない。第三王子にそのようなものがあれば、国が乱れることになる故、そのように育てたのだ」

「……」

「お前の長兄は、余が王にならずとも、何《いず》れは前王の後を継ぎ王になることが決まっていた。故に生まれた頃から、王となるのにふさわしいように育ててきた。次兄はその予備。無駄な野心は抱かず兄に忠実に仕《つか》え、だがいざという時は王になっても問題なきよう教育した。だが、シャルルよ。第三王子であるお前には、そのような教育を施《ほどこ》しておらぬ。素養がないのは、当然だ」

だが、とそこで王は一度言葉を切った。

「だがお前は、唯一、人を惹きつけるという点では、上のふたりよりも優れている。故に、お前を聖女に関わらせて、これ以上力をつけさせるわけにはいかぬのだ」

「……私が、兄上達を裏切ると、そうお思いなのですか？　そのために、私とミーシャの命を救ってくださった、ディアナ様を利用すると……」

絞り出すように発せられたシャルル王子の言葉は、掠《かす》れ、震えていた。そんなシャルル王子の姿に、胸が痛む。

……父親から、そんな風に疑われるのは、さぞかしショックなことだろう。

「否《いな》。お前が、そのような大それた野望を抱かぬことは知っている。そのような浅はかな望みを抱く者が、妹のために命を懸けられるはずもない。……だが、お前の周囲はその限りにあらず。お前が聖女と深く関われば関わるほど、周囲の者はお前の意思にかかわらず、お前が玉座を得るべく動くであろう。故に、お前は聖女と、これ以上関わるべきではないのだ」

シャルル王子は、自ら意図せず、周囲を都合の良いように動かすところがあると、兄様も言っていたし、シャルル王子もそのような星の下に生まれたと自覚していた。……為政者の立場からすれば、彼のような存在はとても厄介だ。シャルル王子が王位に近い立場にいるのなら、なおさら。

「……やはり父上にとって、私は『面倒事の種』でしかないのですか」

「そこまでは申しておらぬ」

「言っているも、同然ではないですか！　……本当は、私が聖女だけをもたらして、死ねばよかったと思っているのでしょう！」

「否《いな》。先程も申した通り、余は全ての余の子を、愛しく大切に思っている。その情の大きさに、差異はない。――だが、余は王だ。国民は全て、我が子と同じ。故に、国に災いをもたらすと判断した場合は、実の息子でも始末せねばならぬ」

王は変わらぬ口調でそう告げると、打ちのめされているシャルル王子の肩に手を置いた。

「わかれ、シャルル。お前が愛しいからこそ、お前を殺さねばならぬ事態を封じたいのだ。余のために、ここは引いてくれ」

放心したように黙り込んだシャルル王子だったが、しばらくの沈黙の後、決意のこもった瞳で王を睨みつけた。

「……ならば、私は王位継承権を捨てましょう」

「……シャルル」

「王位継承権を返上する旨を、書類にしたためます。聖女であるディアナ様との関わりも、決して公表いたしません……！　それならば、私をディアナ様と関わらせていただけますか？」

シャルル王子の熱のこもった言葉に、王はほんのわずかに、眉間に皺《しわ》を寄せた。

「何故、そこまで当代の聖女に拘《こだわ》る？　余の言葉に背き、王になるわずかな可能性を捨ててまで、聖女と関わろうとする？　お前に何の利益もないだろうに」

「それは……」

シャルル王子はちらりと私の方に視線をやった後、頬をほんのり赤く染めた。

「……私や、ミーシャを救ってくれたディアナ様の手助けを、私自身の手でしたくて……」

「力なきお前に、何ができると言うのだ」

「……わかりません。……でも父上は、合理的な利こそ良しとされる方。それ故に、ディアナ様の絶対的味方にはなり得ません。だからこそ、私は、ディアナ様の味方として、お側にいたいのです」

「……」

王はシャルル王子を見定めるようにじっと見つめた後、ため息を吐いて首を横に振った。

「……実利ではなく、感情で動くか。だからこそ、お前は王の資質がないのだ。シャルル」

「……父上。私は」

「まあ、良い。そこまで言うのなら、構わぬ。明日、王位継承権を返上する旨を書類にしたためることを条件に、シャルルがこの件に参与することを許可しよう」

「っ」

「……構わぬな。聖女」

「……はい。私は構いませんが……」

あれほど強く、シャルル王子を拒絶していたのに、何故折れる気になったのだろう。

そんな私の疑問を見透かしたように、王は再びため息を吐いた。

「……余は決して、感情に振り回されることはない。だが、それが万人共通の特質ではないことは、重々承知している。感情に振り回された人間が、いかに愚かであり、いかに厄介であるかも、だ」

「……」

「かつて賢王と讃《たた》えられた父は、余が王位を継いで自らの名声が霞《かす》むことを恐れ、王位にしがみついた。余は、ルシトリアが安寧ならば、誰が王であろうと構わぬ。父を安心させるため、妻子を伴い辺境に赴《おもむ》き、辺境の警備と、子の教育に専念した。……その結果、父は前代の聖女の存在を知っていながら、判別できぬまま死なせた」

何故、アシュリナだった頃、彼が王ではなかったのか、ようやく腑に落ちた。

「一国を長く治めた父ほどの人間であっても、感情に振り回されれば、醜態《しゅうたい》をさらす。シャルルのような未熟な子なら、なおさらだ。……故に、余はシャルルによけいな感情を抱かせぬよう努めねばならぬ。だが余がこのまま拒絶し続ければ、シャルルは、後に災いの種となり得る、要らぬ遺恨を抱き続けることになろう。ならば、余が全てを掌握した上で、望みを果たさせた方がましだ」

「……お祖父様が、前代の聖女を死なせた……？」

「シャルル。それは、後で説明する。まずは、場所を移そう」

「……あの……父上……」

ベッドに横たわったままのミーシャ王女が、王におずおずと話しかけた。

「……ここで、私も話を聞くわけにはいきませんか？　その……女の私は、王位から遠い場所におりますし……私も、聖女様のお役に立ちたいのです」

ミーシャ王女の言葉に、王は再び王女に近づき、ゆっくり首を横に振った。

「……ならぬ。ミーシャよ、今お前が専念すべきは、体力を取り戻すこと。それ以外のことは、気に掛けずとも良い」

「ですが、父上……」

なお、言い募ろうとするミーシャ王女の頭を、王は不器用な手つきで撫《な》でた。

ミーシャ王女は驚いたように目を見開く。

「余は父として、お前が心配なのだ。わかれ、ミーシャ。……お前の体力が完全に戻ったあかつきには、必ず余はお前を頼ろう。故に、今しばし、自らの体のことだけを考えてくれ」

「……わかりました」

ミーシャ王女はしばらく複雑な表情で眉をひそめていたが、最終的には王の言葉に従った。

「良い子だ。……お前のような素直な娘を持った余は、果報者だ」

最後にもう一度ミーシャ王女の頭を撫《な》でてあげると、王は足早に扉へ向かった。

「それでは、余の執務室に参ろう。余の後をついて来てほしい」

ミーシャ王女の部屋を後にし、王の執務室へ向かう間、シャルル王子は王に付き従いながら、その背に恨めしげな視線を送っていた。

「……父上は、ミーシャにはお優しいのですね」

「愚かな邪推をするな、シャルル。お前とミーシャとでは、わけが違う」

「……確かにミーシャは病み上がりですし……私は、ミーシャほど素直ではありませんが」

「そのようなわけではない。……ミーシャはお前以上に、聖女に深入りさせるわけにはいかぬのだ」

……ミーシャ王女を、私に深入りさせるわけにはいかない？　それは、一体どういう理由なのだろう。

続けて王の口から明かされたのは、あまりに衝撃的な真実だった。

「あれは民が聖女の不在を憂う気持ちを軽減させるために、前代聖女を模倣して育てた。清く、正しく、ただひたすら心優しく……人の悪意から遠ざけ、歪《いびつ》なまでに純粋で素直であるように、教育した。その結果、あれは【災厄の魔女】に目をつけられたのだ」

「な……」

「生まれて初めての悪意にさらされ、激しい苦痛と絶望の末に死にかけたミーシャの精神は、非常に危うい状態にある。全てを知れば、聖女を憎み、余を憎み、民を呪う可能性もなきにしもあらず。故に、あれは治癒に専念させ、聖女から引き離すべきなのだ」

……ああ。ミーシャ王女が、「アシュリナ」に似ているのは、容姿だけではなかったのか。

「そんな……それじゃあ、ミーシャが……」

「――哀れだと、思うか？　余が、残酷だと？」

王の言葉に、シャルル王子は押し黙る。沈黙は肯定を意味していた。

「シャルルよ。つまらぬ感傷で、取り乱すな。余がミーシャに成したことと、お前の兄ふたりに成したことで、何が違う？【災厄の魔女】がミーシャに目をつける可能性は想定していた。だが、その可能性と天秤に掛けてでも、ミーシャに聖女を模倣させることが、国の利になると判断したまでだ」

「……父上にとって、子どもは国を統《す》べるための駒《こま》に過ぎないのですか」

「子だけではない。複数娶《めと》った妻達も、余自身も、全てはルシトリアという国を平和に存続させるための駒《こま》に過ぎぬ。民の税で生きる以上、王族は皆、民への奉仕者であらねばならぬのだ。余はミーシャや、お前の兄達だけではなく、妻の全て、お前の腹違いの弟妹全てに、国のためになる役割を与え、それに見合う教育を施《ほどこ》してきた。――シャルル。当然お前もだ」

「っ」

「お前は、自らを『面倒事の種』と言ったな。それは半分正しく、半分間違っている。国を安寧に導くには、時に、お前のような余の手に余る人物を必要とする時もある。実際、ほかの兄弟であれば、あれほどまっすぐに予言を受け止め、命を懸けることなどできなかっただろう。お前は使い方によっては、良薬にも劇薬にもなり得る、厄介な駒《こま》なのだ」

そう言って、王は一際立派な扉の前で、足を止めた。

「――そしてそれは、【聖女】もまた、同じこと」

王が扉に手をかざす。それだけで、音を立てて扉が開いた。

「さあ、ここが余の執務室だ。聖女と、その騎士よ。シャルルに続いて、中に進むといい。罠等はないが、余が何か企んでいると疑うならば、抜剣も許す。遠慮なく、余に斬りかかると良い。――余の望みは、そなた達がルシトリアにとって、良薬となるか劇薬となるか確かめること。そのために余は、聖女に、その意思を問わねばならぬのだ」

振り返って、そう宣言すると、王は執務室の中に入っていった。シャルル王子も、あわててその背中を追う。

残された私と兄様は、顔を見合わせた。

「……ああ言っているが、罠の可能性はゼロではないぞ。ディアナ、それでも行くのか」

「うん。……多分王は、嘘はついていないと思う」

ミーシャ王女にそうしたように、取り繕《つくろ》おうと思えばいくらでも取り繕《つくろ》えるだろうに、王が私達に見せた姿は残酷なまでに正直なものだった。

彼は、恐らく理解しているのだ。私や兄様のような人間には、ありのままの姿を見せた方が交渉事がスムーズに進むということを。

「兄様はどう思う？」

「……俺も、王の言葉に偽《いつわ》りはないとは思う。だが、だからこそ厄介な相手だ」

兄様は顔を歪《ゆが》めながら、剣の柄を握り締めた。

「全てが王の本心からの言葉ならば……あれは、俺達が劇薬にしかならないと判断した瞬間、命を奪うことをためらわないと言っているも同然だ」

兄様の懸念は、正しい。血の繋がった息子であるシャルル王子でさえ、必要ならば排除もためらわない人だ。赤の他人である、私や兄様ならなおさらだろう。

私や兄様は、「ルシトリアにとって害になる」と判断された瞬間、命を奪われるに違いない。

――しかし、それは逆に、私が「ルシトリアにとって益になる」と判断されれば、私や家族の安全は保証されるということにほかならない。

「……大丈夫だよ。兄様。私が、王に『劇薬』と判断されることはあり得ない。だって、私にはもう迷いはないもの」

私の願いは、家族が安全な状態で、「使命」を果たすこと。そのためには、ルシトリアの王の協力は不可欠だ。そして、あの合理的な王ならば、きっと私の願いを肯定すると確信している。

「行こう。兄様。――どれほど挑発されても、剣は抜かないで。王は抜剣を許可したけど、それは本来なら許されないこと。それをあえて許す行為は、逆に王の立場を有利にする。今の私は、王と対等な立場で話をしないといけないんだ。へりくだることも、機嫌をうかがうこともしない。聖女として王から認められるには、きっとそう振る舞わなければならないと思うから」

私の言葉に、兄様は柄に当てていた手を離した。

一度大きく深呼吸して、前をまっすぐ見据えながら、背筋を正して足を進める。

脳裏に描くのは、かつてアシュリナだった頃の記憶。セーヌヴェットの王女として、いかに振る舞うべきか、アシュリナは幼いころから教育されている。歩き方も、表情の浮かべ方も、全て最上の品位を感じさせるように意識する。

思考はディアナのまま、振る舞いはアシュリナのものを。

あの、誰よりも王である人を前にして、決して萎縮しないように。

「――存外、部屋に入って来るのが早かったな、聖女よ。もう少し騎士と、ふたりで話し合っても、余は気にせぬぞ」

固い表情と、無理に背筋を伸ばした姿勢で長椅子に座るシャルル王子。その脇で、王はゆったりと寛いでいた。

「……いいえ。もう十分です」

体勢を崩しながらも品位を感じさせるその座り方に、王の意図を汲《く》み取りながら、机を挟んで向かい側の長椅子に腰をかける。

着席の許可はあえて、取らない。

兄様も私に従うようにして、私の隣に腰をおろした。

「茶は出さぬぞ。せっかくの客人故、丁重にもてなしたいのは山々だが、用意したところでそなた

達は警戒して口をつけぬであろう」

「用意していただいたなら、兄はともかく私はいただきますよ。……でも、喉は渇いていないので、わざわざ王の手をわずらわせはいたしません。それよりも、本題に入りましょう」

見定めるように、まっすぐに向けられる黒い瞳を逸らすことなく見返す。

「……さすがは、かつては王女だった娘よ。萎縮することなく、あくまで余と対等であろうとするか」

王の言葉に、傍らのシャルル王子が目を見開いた。

「……ディアナ様が、王女だった……？」

「――いいえ。そのような事実は、ございません」

植え付けられた記憶は私を蝕《むしば》み、時にその境界を曖昧にする。どこまでを、「私」と言って良いのか、自分自身でもわからなくなるほどに。

それでも、私は――「ディアナ」は、王の言葉を否定する。

「私は、森の狩人の娘として、生まれ育ちました。『王女ならば、いかに振る舞うか』という知識は有しておりますが、私が王女だった事実はございません」

「アシュリナ」と「ディアナ」は、決して同一の存在ではないと。

「……成るほど。記憶は記憶と割り切るか。実に合理的で、賢明な選択だ」

王はわずかに目を細めながら、言葉を続けた。

「――ならば、問おう。前代の聖女『アシュリナ』の記憶を有する娘よ。そなたの中に憎しみはあるか？　かつて兄だった者を。聖女の名を騙《かた》った女を。前世のそなたを焼き殺したセーヌヴェットの民を。……そして、余を、憎いと思うか？」

王の問いかけは、ほとんど想定通りのものだったが、最後に付け足された言葉が気に掛かった。

「セーヌヴェットの人々なら、ともかく……何故、あなたを憎む必要があるのでしょう？」

「アシュリナ」の死に、ルシトリアは無関係だ。予言者は「真の聖女と災厄の魔女を見分けることができずアシュリナを死なせた」と言っていたが、どれほど近い距離にあったとしても、他国の出来事であった以上、それは仕方ないことだろう。

それに、当時アシュリナを救えなかった王は、ルシトリアの前王。今、目の前にいるこの人を、憎む理由なぞないはずだ。

しかし、王は私の問いかけに、ため息を吐いて首を横に振った。

「……何だ、気づいておらなんだか。だが、このまま隠し通したところで、いずれ露見すること。ならば、あえて余が『アシュリナ』にした仕打ちを、そなたに伝えよう」

王は一度目を伏せた後、再び強い眼差しで私を見据えながら、私の知らなかった事実を告げた。

「ユーリアが命名した【災厄の魔女アシュリナの呪い】――その名を、ルシトリアに広めたのは、紛《まぎ》れもなく余自身だ」

「っ」

「余は、死したアシュリナが真なる聖女であり、聖女と呼ばれるユーリアこそが【災厄の魔女】であることを知っていた。余はあえて真実を隠蔽《いんぺい》し、ユーリアの言葉を追認した。――全てはルシトリアの安寧のために」

『妹だけじゃありません！　老若男女問わず、たくさんの国民が、不治の病に苦しんでます！　――どうか「災厄の魔女アシュリナの呪い」から、民をお救いください！』

いつかの、シャルル王子の言葉が、脳裏に過《よぎ》る。

……そうだ。あの時、王子は災厄の魔女を、アシュリナだと断言していた。

予言者の言葉で、真実を知ることができる王族でありながら。

それも全て、王の意図によるものだったということか。

「ルシトリアは、聖女を信奉する国。隣国とは言え、聖女をむざむざ殺させるなど、あってはならぬこと。――王位に固執するあまりセーヌヴェットの観察を怠り、そのような結果を招いた父は、その失態を自らの命をもって贖《つぐな》った」

……それは、自発的にということだろうか。それとも、王がそう仕向けたのか。

揺らぐことのない、その黒い瞳からは、どちらなのか察することはできなかった。

「だが、父の死だけでは、真なる聖女の喪失に伴う、国民の絶望と王家への不信は贖《つぐな》えぬ。余が、前代のどの王よりも聡明で模範的な王となり、ミーシャを聖女の代替えに据えたとしても、【災厄の魔女の呪い】と呼ばれる病が広まれば、ルシトリアの民の心が王家から離れることは不可避。民は、真なる聖女を見抜くことができなかった王家に怒りを向け、やがてルシトリアの様々な地で動乱が起こることになったであろう」

心に不安と恐怖を抱えた民は、集団をとりまとめ扇動する「誰か」がいれば、時に国家をも転覆させる。

……かつて、そうやって扇動された民により、曲がりなりにも王族であった「アシュリナ」が火あぶりにされたように。

「余の首ひとつで、ルシトリアが安寧を得ることができるなら、それでも構わぬ。だが、そうはならぬであろう。民を統《す》べる王がいなくなれば、セーヌヴェットはこれ幸いとルシトリアに攻め込み、国を統合しようと目論むに違いない。そうなれば、【災厄の魔女】とそれを擁護《ようご》する王により、ルシトリアは支配されることとなる。――故に、余はアシュリナが真なる聖女という真実を、隠蔽《いんぺい》する必要があったのだ」

「――詭弁《きべん》だ」

吐き捨てるように、王の言葉を否定したのは兄様だった。

「国のためという名目で、自分がアシュリナの名を理不尽に汚したことを正当化するな……っ！　あんたはただ、罪のない少女ひとりに罪を着せるという、一番楽な道を選んだだけだ！　王ならば、ほかにいくらでもやりようがあっただろうに、それが一番効率的だという理由で、死人に口なしとばかりに真実を隠蔽《いんぺい》したんだ！」

「……っ兄様、それ以上は……」

「良い。――そなたの騎士の怒りは、正当だ。余の成したことは、倫理に反する罪深い行為。聖女を大切に思う者ならば、許し難いことであろう。……かつて初代聖女の騎士であった予言者も、当時はそなたの騎士と同じように吼《ほ》えた」

逃げても構わないと。自分は王族ではなく、聖女の味方だと。

そう言った彼ならば、王の言葉の通り、汚されたアシュリナの名誉のために怒ってくれたことだろう。

——今、兄様がこうやって、私のために身分差も顧《かえり》みずに、王を睨みつけてくれているように。

「だが、それでも余の考えは変わらぬ。あの時は、前代聖女に罪を着せることこそ、最善だった。最も容易で、最も犠牲が少ない道だった。たったひとりの……それも死した少女の犠牲だけで済むのだ。たとえ今、同じ状況に遭遇したとしても、余は同じ道を選ぶ」

王は怒りも悔恨もない、凪《な》いだ瞳で、私と兄様を見た。

「謝罪はせぬ。贖罪《しょくざい》もせぬ。そなた達は、余を許さなくて良い。これからも余に憎しみを抱いたままでいてくれて、構わぬ。余はルシトリアのためなら、これからも、そなた達を利用するだろう故に」

「…………」

「その上で、余はそなたに問い、見定めねばならぬ。そなたの憎しみが、どれほどのものか。その憎悪の炎が、セーヌヴェットのみならず、余が治めるルシトリアをも焼き尽くすものか。……もし、余が計算を誤り、そなたの憎悪が全ての人間に向けられているなら、余は【災厄の魔女】より先に、そなたを滅ぼさねばならぬのだ」

兄様はとっさに剣の柄に手を掛けた。だが、王はそれを気にするでもなく、言葉を続けた。

「そなたと【災厄の魔女の呪い】に冒された民を犠牲にし、そなたの記憶を持ったまま転生する次代聖女に、遺恨を植えつけることはできれば避けたい。そなたが今夜ここに来なければ、ルシトリアが滅ぶという予言も気に掛かる。……それは、そなたが敵に回ることを意味しているのか、それともそなたが聖女にならぬ道を選んだだけでルシトリアは滅びるのか。余には判断ができぬ故に」

王はそう言って、私に手を差し出した。国で最も高貴な人の手とは思えないほど、傷だらけで節ばった武人の手だった。

「聖女よ。ルシトリアの王である余と手を組むことは、そなたにとっても利があろう。余が、目先の利益に惑わされ、そなたやそなたの家族を粗雑に扱うことはあり得ぬ。それが後に災いになることは、明白故に。【災厄の魔女の呪い】の解呪以外に、聖女の力を使うことも強要せぬ。聖女の力は、本来ならこの世に存在し得ない歪《いびつ》なもの。そのようなものに余が寄りかかれば、聖女亡き後の世が乱れることになろう。余はそなたの意思を、最大限に尊重すると誓う」

王は息継ぎもはさまず、とうとうと語った。私を見据える視線は全く揺るがない。

「――その上で、問う。そなたは余の手を取れるであろうか？　胸のうちの憎しみを呑み込み、【災厄の魔女】を打ち倒すべく、余と手を組めるであろうか？」

王の話を聞いてなお、私の心は揺るがなかった。

それでもあえて即答はせず、王の表情を観察しながら、言葉を紡いだ。

「……あなたがほかに、セーヌヴェットの手助けをしたことはありますか？」

「そのような過去があれば、シャルルはかようにぞんざいな扱いはされておらぬ。余の成したことは、ただ、セーヌヴェットの聖女の言葉を、そのままルシトリア国内に広めたのみ。ルシトリアとセーヌヴェットは、この十数年は貿易等の問題を除けば、基本的に互いに不干渉を貫いておる」

「以前、ルシトリアの民が、ユーリアに不信感を抱いている会話を耳にしました。……ルシトリアは、ユーリアを大々的に聖女として、認めているわけではないということですか？」

「ユーリアを聖女として認めるなら、我が国は相応の対応をする必要があろう。あれは、セーヌヴェットの王が勝手にそう主張しているだけで、我が国における聖女とは異なるもの。大多数の民は、そう認識しておる。――真なる聖女が、我が国に現れることを望みながらな」

……ルシトリアの国民の中には、アシュリナを【災厄の魔女】と認識している者はいるけれど、聖女と呼ばれるユーリアの言葉を全面的に信用しているわけではないということか。

それならば、いくらでも国民の認識を覆《くつがえ》す術はある。

「……本音を言わせていただければ、この国において、アシュリナを【災厄の魔女】と思っている民がいることには憤《いきどお》りを感じます」

「ディアナ」と「アシュリナ」は別人だ。……そう信じたい。

しかし、それでも私は、あまりにも「アシュリナ」に近いから、彼女の抱くであろう感情を思わずにはいられない。

悔しい。苦しい。どうして。

何故、理不尽に生涯を終え、死後も名を汚されないといけないのか。

私は、ただ民のために、力を尽くしただけなのに……！

噛みしめた唇からは、血がにじみ、口の中に鉄の味が広がる。

「――それでも、私は自分自身の願いを叶えるため、憎いあなたの手を取ります」

差し出された手を掴み、王の顔を強い眼差しで見上げる。

「私の願いは『家族の安全を確保したまま、聖女としての使命を全うしてルイス王とユーリアに復讐を果たし、聖女の役割から解放されること』――それは『ディアナ』の願いであり、『アシュリナ』の願いでもあります。その願いを果たすためには、ルシトリアの協力は必須。故に、私はあなたに対する怒りを封じましょう」

人間全てを憎み、厭《いと》うには、私には大切なものが多過ぎる。どこかで許すと決めなければ、自らの憎しみに呑まれ、その結果、大切なものまで失うことにもなりかねない。

王の行為は、ルシトリアにおいてアシュリナの名誉を汚すことに繋がったが、セーヌヴェットでは既に散々貶《おとし》められていた。その範囲が隣国にまで広がっただけだ。

……それに、全てはアシュリナが死した後のこと。王は、アシュリナの死自体には関わっていないのだ。

胸の中に湧き上がる怒りの感情を、鉄の味がする唾と共に呑み込んだ。一刻の激情に流され、選択を間違ってはいけない。

犠牲にされた私自身の感情を無視するなら、王の選んだ道は、間違っていないのだ。

「……私はかつて理不尽な死を遂げた『アシュリナ』の記憶を持つ者として、あなたに憤《いきどお》りを覚えています。一方で、平和な環境で生かされてきたあなたの民としては、その選択に感謝しております」

王の選択の結果、この十六年の間、ルシトリアは平和だった。そして、人里離れた森に住んでいたとはいえ、私達はルシトリアの民のひとりとして、その平和を享受して来た。

十六年もの間、私が大切な家族に囲まれて、穏やかな生活を送ることができた背景には、国内で動乱が起こらないように細心の注意をはらって国を統治してきた、王の采配があったことは否定できないのだ。

「どれほど封じても、湧き上がる感情そのものは消せません。それでも、私は決してその感情に焼き尽くされることはないと、断言できる。『アシュリナ』にされた仕打ちを理由に、私がルシトリアの民や、あなたを害することはあり得ません。……そんなことをすれば、私が望む穏やかで幸福な未来が訪れないことは明白ですから」

「…………」

「王様。あなたと、私の目的は同じ。『災厄の魔女の呪い』に冒された民を救い、【災厄の魔女】を打ち倒すことです。その願いがある限り、私達は感情に揺らされることなく、協力関係を築くことができるはずです。……そう思いませんか？」

少しの沈黙の後、王は私の手を強く握り返した。

「――ああ。その通りだ」

ずっと無表情だった王の口元に、初めて満足げな笑みが浮かんだ。

「最優先すべき自らの願いを叶えるために、自身の感情を制御し、最善の道を選ぼうとするそなたに、敬意を払おう。……聖女よ。そなたの名はなんと言う」

「……ディアナ、と申します」

「ディアナよ。余の名は、ライオネル。ライオネル・ド・ルシトリア。この国の言葉で【誉れ】を意味するこの名にかけて、【災厄の魔女】を打ち倒したあかつきには、かつてのルシトリア王家の咎《とが》を明らかにし、死したアシュリナ王女の名誉を回復すると誓おう。それでも足りぬと言うのなら、長子に王位を譲った後に、この命もくれてやる。――故にディアナよ。聖女としてのそなたの力を、しばしルシトリアのために使わせてくれ」

ライオネル・ド・ルシトリア。――聞きおぼえがある名前だった。

立派な髭《ひげ》を蓄《たくわ》えた壮年の王の顔が、私とさして変わらない年頃の少年のそれと重なる。

「……遠い。遠い昔に、一度。あなたと会ったことがありましたね」

王の黒い瞳が、見開かれた。

……ああ、思い出した。あの時も、「私」は、こうやって当時はまだ王子だった彼の手を握ったんだ。

「……『私』が聖女の力を持つ前の、ただの妾腹《しょうふく》の幼い王女だった頃。『父』が主催したパーティーで、出自と年齢故に遠巻きにされていた私の手をとり、あなたは一緒に踊ってくださいました」

『――王女よ。退屈か？　ならば、私と踊ってくれ。幼きそなたならば、父に邪推されることがなく、ちょうどいい』

ひとりでただ、ぼんやりと椅子に座っていた幼い私に手を差し伸べたのは、私よりずっと年上の漆黒の王子様だった。

愛想笑いひとつ浮かべることなく、感情のない瞳でこちらを見下ろす彼に恐怖を抱かなかったのは、彼の声に私を気遣う優しさがにじんでいたから。

おずおずと握った手は、私の手よりずっと大きくて硬く、そして温かかった。

『……こういった場でおどるのは、はじめてなので、うまくおどれなかったら、ごめんなさい』

『子どもが、そのようなことを気にせずとも良い。ただ音楽に合わせて、体を動かすのを楽しめ。リードは私がしてやる』

当時の彼には、今のような王としての強いオーラはなかったが……まだ少年であっても、既にその片鱗はあった。

遊戯のような、拙《つたな》い踊り。それでも、彼が共に踊ってくれただけで、自分が本物の貴婦人になれたような気がしてうれしかった。退屈で冷たいばかりのパーティーが、彼が現れたことで一変したのを、今はありありと思い出せる。

その数年後に、結婚して辺境の地に移り住んだ彼とは、その後二度と会うことはなかったけれど。不遇な人生を送った『アシュリナ』にとって、その記憶は、数少ない楽しい思い出のひとつとなった。


「……否《いな》。余が、そなたと会ったのは、今日が初めてだ。そうであろう？　『ディアナ』」

ライオネル王は、強調するように私の名を呼び、握っていた手を離した。

「記憶の彼方《かなた》にある遠い昔の、少年の日。余の手を握って、くるくると愉《たの》しげに踊っていた、銀の髪の幼き少女は……もう、この世のどこにもおらぬのだから」

ほんの一瞬黒い瞳の中ににじんでみえた、「痛み」に似た感情は、瞬きをした瞬間溶けて消えた。

……ああ、シャルル王子の言う通りだ。彼はあえて表に出さないように自らを律しているだけで、人間らしい感情を持っていないわけではない。

本来のライオネル王は、パーティーの中でひとり孤独に耐えている幼い少女に、手を差し伸べるような方だから。

「……その通りですね。ライオネル王。……『私』があなたにお会いしたのは、今日が初めてですから」

聖女に選ばれたことで、人との深い関わりを絶とうとしたアシュリナが——恐らくは、最初で最後に恋心を抱いた人。

恋が叶うことを夢想することすらできぬままに、幼い日の楽しい思い出として、彼女は心の奥の引き出しに鍵をかけてしまったのだ。

数十年経過し、間に自らの死という壮絶な過去を挟んでなお、鮮明に思い出せるのは……つまりは、そういうことなのだ。

「……ディアナ」

傍らの兄様に、不意に名前を呼ばれると同時に、先程まで王が握っていた手を後ろから握り込まれた。まるで、私はアシュリナではなく、ディアナだと言い聞かせるようなその行為に、思わず笑みが漏れる。

「……大丈夫だよ、兄様。大丈夫」

「…………」

「……私はディアナで……兄様の、妹だよ」

兄様は、一層強く手を握るばかりで、何も応えなかった。

ライオネル王は、そんな私と兄様を、黒い瞳でじっと見据えていた。

「……協力関係を結ぶことが決まったからには、一度そなた達の両親とも話さねばならぬな」

沈黙を破るように切り出したのは、ライオネル王だった。

「『剣聖』と呼ばれた、『ダニエル・キートラント』と、護符作成の才故にアシュリナ王女の侍女として重用された『ローラ・キートラント』……彼らが、余のために力を貸すことはあり得ぬが、大切な娘であり、かつての主の記憶を持つそなたになら話は別だ。きっと、そなたが願いを叶えるために、協力を惜しまぬであろう」

さらりと告げられた父様達の情報に、私と兄様の顔が、強ばった。

「……何故、父さんや母さんのことを、知って……」

「何故？　愚問だな。『ティムシー・キートラント』。むしろ、何故、余が彼らを知らないと思うのか聞きたいくらいだ。セーヌヴェットとの国境でありながら、その広大さと危険性故に、警備兵を常駐させることを断念したマーナアルハの森に、二十年近くも住んでいる異国人だぞ？　しかも狩人を装いながらも、騎士の佇まいを隠しきれておらぬと言うではないか。王として、ルシトリアに害を成す危険人物でないか、調べていて当然であろう」

そう言われてみれば、王が把握しているのは当然のことかもしれない。

けれど……それなら、どうして。

「……どうして、父様や母様と接触することなく、そのままにしていたのですか？」

『剣聖』と讃《たた》えられるほどの武勇を誇る父様も。シャルル王子が舌を巻くほどの、護符作成能力を持つ母様も。王家からしたら喉から手が出るほど欲しい人材のように思える。逆に言えば、放っておくには、危険過ぎる人材とも言える。

それなのに何故、ライオネル王は私達を放っておいてくれたのだろう。

私の問いかけに、静かに答えた。

「……どれほど優秀な人材であろうと、余に従わぬのなら意味はない。余がアシュリナにした仕打ちを、ダニエルやローラが許容するはずがないことは明白だ」

「マーナアルハの森は、セーヌヴェットには近いが、王都からは遠い。仮にふたりが不穏なことを企んだとしても、その道中でいくらでも封じる自信はあった。……それに、ダニエルの評判はルシトリアにも届いておる。愚かなまでに、実直で清廉な騎士。祖国に絶望して、家族を連れて国を出奔しながらも、追っ手を除いては誰も傷つけなかった男が、ルシトリアを害するとも思えなんだ」

「……」

「きっと、ふたりが望むのは、家族だけで過ごす平穏な生活。そう思ったが故に、近隣の村人にその動向を報告させるに止め、放っておいた。結果、ダニエルはルシトリアに害を成すわけでもなく、むしろ危険な森の獣を狩ることで、近隣の村の住民に貢献した。――どうだ。騎士よ。余はなかなかの慧眼《けいがん》であろう」

兄様は複雑な表情を浮かべて、王を睨んだ。

「……アシュリナの名を汚したことに対する、贖罪《しょくざい》のつもりか」

「否《いな》。贖罪《しょくざい》などせぬと言ったであろう。そもそも余は、そなた達のことは以前から知っていたものの、ディアナこそがアシュリナの記憶を持つ真なる聖女だとは、今日の夕方予言者に報告を受けるまでは、知らなんだ。そのような行為が、余の成したことの贖罪《しょくざい》になるはずがなかろう」

淡々とそう告げると、王は目を伏せた。まるで本心を知られることを、忌避《きひ》するかのように。

「ただ、そなた達を放り、必要以上に労力をさかないことが、最も合理的かつ最善で――余の感情にも逆らわなかっただけのことだ」

王の言葉の真偽を見定めるように、兄様は強い眼差しで、ライオネル王を睨みつづけた。

そんな兄様に、変わらぬ視線を返しながら、ライオネル王は自らの口髭を撫《な》でた。

「……ふむ。ティムシー・キートラント。やはり、そなたは一度、我がルシトリアの騎士団に所属すべきだな」

「っ、誰が、あんたなんぞのために……」

「余のためではない。うぬぼれるな。いくら剣の腕が立ったとしても、骨の髄まで騎士の在り方が身に染みているダニエルならともかく、そなたのような制御不能な狂犬を欲する訳がなかろう。あくまで、これはディアナのための提案だ」

王の辛辣な言葉に、兄様はぎりと歯を噛み締めた。だが兄様は込み上げる怒りを呑み込み、一度大きく息を吐き、静かにライオネル王を見返した。

「……ディアナの、ため？」

「ああ、そうだ。そなたは、これまでもダニエルから、騎士の在り方を伝授されてきたのであろう。……だが、それでは足りぬ。セーヌヴェットの魔の手から、ディアナを守るには、そなたが生きてきた世界は、狭過ぎるのだ」

「っ……」

兄様は、完全に家に引き込もっていた私よりはまだ、外の世界を知っている。それでも、一般の国民に比べたら、他人と関わりを持つ時間は、圧倒的に少ない。

兄様は、森で生き、家族との関わりを何より大事にしてきた。……もしかしたら、アシュリナの記憶を持つ分、本当は私の方が外の世界を知っているのかもしれない。

「ダニエルは、戦闘においては天才だが、その分腹芸はできぬ男だ。他者との関わりにおいて上手く立ち回る術は、あやつには教えられぬ。……そなたも、旅の道中でそれを案じていたのであろう。故に、そのように過剰に攻撃的になるのだ」

「……疑って、何が悪い。アシュリナの名を平気で汚せる男を、信用できるはずがないだろう」

「疑うこと自体は、当然だ。余がそなたでも、疑ったことだろう。……悪いのは、それを隠そうとすらせぬことだ。その余裕のなさは、交渉を不利にするぞ」

兄様にも、余裕がない自覚はあるのだろう。押し黙った後に、掠《かす》れた声で呟いた。

「……でも、俺が騎士団なんぞに入ったら、誰がディアナを守るんだ」

「そのために、ダニエルやローラに協力を求めるのではないのか？」

「…………」

「あのふたりならば、そなたよりよほど上手くディアナを守ることができるはずだ。ブランクがあったにしても、かつては宮廷の上層部にいた人間。娘可愛さで取り乱すことなく、冷静に対応できるなら、あれらは誰より頼もしい護衛になるであろう」

……父様と母様には、最初から理解と協力を求めるつもりでいた。兄様の提案だ。

王の言葉は、夕方兄様自身が言った言葉と相違ないはずなのに、兄様は何故か苦しそうに顔を歪《ゆが》めた。

「……俺は……」

「そなたは、未熟だ。ティムシー・キートラント。ディアナを守りたいのなら、自らの未熟さを知り、余を利用することをまず考えよ。――そなたは上手くこなしたつもりでいたかもしれぬが、そなたがディアナ共々王都に入った際、偽名を用いたと報告を受けておるぞ」

「っ……」

……そんな。あの時の兄様の演技は完璧に見えたのに、一体どうして……

「検問の相手が、悪かったな。検問は騎士団の持ち回り制であるというのに、よりによってあの男に当たるとはそなたもよくよく運がない。……あの男は、騎士団の中でも、諜報を得意とする第三部隊の長ホルト・シュバイツアー。あれの目には、些細な偽《いつわ》りも通用せぬ」

にこやかに対応してくれた、検問の男の人の姿を思い出す。……小剣を落とした時以外には、疑っている素振りなんて、全く見せなかったのに。

「その後、変装した騎士に見張らせていたことに気づいておったか？　大聖堂に立ち入ることは禁じていた故、地下通路の存在は知られずにすんだが――シャルル」

「……っは、はい」

「余の許可なしに、あの地下通路を使わせるのは良いがもっと上手くやれ。あれは、代々の王族が秘してきた国家機密ぞ。その意味を、お前は改めて考えよ」

シャルル王子は言い返そうと、顔を上げたが、結局何も言わず、目を伏せた。

その場をしばらく、沈黙が支配する。

「……外の世界を知らぬ者が、外の脅威から、大切な者を守れるはずがない」

ライオネル王の矛先が、再び兄様に向けられる。

「もう一度言うぞ。ティムシー・キートラント。余を、利用しろ。知識さえ得れば、そなたはきっと誰より優れた騎士となるはずだ。そなたは、頭の回転も速く、決断力もある。ダニエル・キートラントのように、生まれた時から王家に忠誠を尽くすように言い聞かされていたわけでもない」

「…………」

「今夜はもう遅い。一晩、宿で頭を冷やして考えると良い。――ああ、それと」

ライオネル王は、ずっしり重そうな麻袋を、机に置いた。

「ミーシャの治療に対する礼だ。受け取ってくれ」

口が開かれた袋の中には、ぎっしりと金貨が詰まっていた。

「――治療費に関しては、シャルル王子と適正価格で契約書を交わした。あんたから、こんな多額の金を貰う道理はない」

「治療費は、契約通りの額をシャルルから受け取れ。立て替えてやるつもりはない。これは治療費ではなく、あくまで親としての礼だ。同時に、準備金でもある」

「……準備金？」

「ディアナが、【災厄の魔女】を打ち倒す上で、余と手を組むのなら、王都に引っ越す必要がある。当然足りない分は後々改めて支給するが、とりあえず先にこれくらいは持っておけ」

ライオネル王は袋の口を締めると、そのまま兄様の胸に押しつけた。

「恩をきせるつもりはない。――むしろ、そなた達の方が、余にもっと恩をきせるべきなのだ。このような、端金。娘を助けられ、ルシトリアに災いをもたらす【災厄の魔女】を打倒する恩には、到底見合わぬよ」

「…………」

「帰りは、地下通路からでも正面からでも、好きなように帰るといい。明日は城に一度寄っても、寄らずにまっすぐマーナアルハの森に帰っても、どちらでも構わぬ。……検問の騎士には、再びそなた達が王都を訪れた際にはまっすぐ王宮に案内するよう、言っておく故」

ライオネル王の言葉に、何も答えずに、兄様は私の手を取った。

「……行くぞ。ディアナ」

「……地下通路は、使わなくて大丈夫？」

「こうなったら、今さらあそこを使う意味はないだろ」

「──待ってください。兄君！」

呼び止めたのは、シャルル王子だった。

「……これは契約していた分の謝礼です。今回は本当にありがとうございました」

ライオネル王が渡したものより、ずっと小さな袋を兄様に渡すと、シャルル王子は私の方に物言いたげな視線を寄越した後、苦しげに目を伏せた。

「……ディアナ様……私は……」

「──【災厄の魔女】をアシュリナと言ったことなら、気になさらないでください」

息を呑むシャルル王子の後ろで、まっすぐにこちらを見据えるライオネル王を見る。

「……親族にすら、真実を隠し通すほど、ライオネル王が情報管理を徹底していただけですから」

私の言葉に、王は表情ひとつ変えなかった。

先程垣間見えた痛みのようなものも、協力に応じた時に浮かべた笑みも、今の王からはその残滓《ざんし》すら感じられない。

──もう二度と、王が感情を揺らす様を見ることはないだろう。

そして、今はすっかり兄様の掌《てのひら》の温かさで塗りかえられてしまった、王の掌《てのひら》の温度を感じることも。

それにわずかなりとも、寂しさを感じてしまうのは、私の中にアシュリナの感情が残っているからだろうか。

「……失礼します」

ただ一言、そう言い残して、私は兄様と共に、その場を後にした。

エピローグ

「……ディアナ。昼間、大聖堂であったことを話せ」

帰り道ずっと、黙り込んでいた兄様は、宿に着くなりそう尋ねてきた。

私はすぐに頷いて、昼間、兄様が眠っていた間に起きたことを、洗いざらい話した。

「……初代聖女の騎士の、予言者か」

話を聞き終えると、兄様は目を伏せてため息を吐いた。

「……ディアナ。何でその話を、すぐに俺にしなかった」

「……それは……」

「そんなに、俺は頼りないか？」

「違っ……」

自嘲するように吐き捨てた兄様に、さあっと血の気が引いた。

そんな風に思っているわけじゃない。私が誰より一番頼りにしているのは、兄様だ。

ただ、あの時は……

「――悪い、ディアナ。今のは、八つ当たりだ」

焦る私に、すぐに兄様は無理やり口元に笑みを浮かべて、首を横に振った。

「夕方までの俺は、どう考えてもそんな話を冷静に聞く余裕はなかった……。そもそも、大聖堂でディアナに何かあったことに、俺は気づいていたんだ。それをあえて聞かなかったのは、俺だ。ディアナを責める筋合いはない」

「……兄様……」

兄様はそのまま倒れ込むようにベッドに横たわると、表情を隠すように両手で顔を覆った。

「――俺は、未熟だな。二十一年も生きてきて、この世界のことを、こんなに知らないでいたなんて思わなかった」

「……兄様は、未熟なんかじゃないよ」

兄様が未熟だと言うのなら、アシュリナの記憶も換算すれば、兄様よりずっと長い年月世界に関わり続けたのに、未だ兄様に守られてばっかりの私は何なんだろう。

私の言葉に、兄様は小さく笑った。

「……でも、足りない」

「……」

「お前を守り抜くためには、全然足りないんだ」

しばらく沈黙した後、兄様は大きくため息を吐いた。

「――決めたよ。ディアナ。王の話にのってやる」

「……兄様」

「……父さんと母さんを連れて、王都に戻って来たら、俺は王の言う通り、騎士団に入るよ」

覆い隠した手をどかし、天井を睨んだ兄様の目には固い決意が満ちていた。

「お前が聖女になるなら、俺はお前の騎士になると決めた。だから、俺は誰よりお前を守るのにふさわしい騎士にならなければならないんだ。そのためなら、俺は悪魔に魂だって売ってやる」

もはや迷いなく言いきられた言葉に、唇を噛んだ。

……兄様ばかりに、こんな決意をさせてはいけない。

私も、もっともっと、成長しなければならないんだ。

「……それじゃあ、私は兄様が守るのに、ふさわしい聖女になるよ」

こうなったからには、もはや後戻りはできない。

兄様や、家族をここまで巻き込んでしまったのだ。何がなんでも、私は使命を果たさなければいけない。

「【災厄の魔女の呪い】を、この世から消して、必ずユーリアの野望を打ち砕いてみせる」

……そして、全てが終わった時。私は聖女の名を捨て、再びただの「ディアナ」に戻ろう。

大切な家族に囲まれて、穏やかな日々を送る。それが、私にとってきっと何より幸せだから。

だから、そのために今、戦わなければいけないんだ。

「アシュリナ」が死に、「ディアナ」が生まれて今に至るまで、「聖女」の時間は止まっていた。

止まっていた砂時計は、今ようやく再び動き出し、もはや「ディアナ」が死なない限り、流れ出した砂は止められそうにない。

きっと、この砂の名前は「運命」と言うのだろう。

砂が全て下に落ちきった時、空っぽになったガラスの中には、一体何が残るのだろうか。

それが私や家族にとって「幸い」であることを信じよう。

今、私と兄様は先が見えない未来へ、一歩足を踏み出した。

待望のコミカライズ!

ある日突然、魔界にトリップした幼稚園の新米先生・ココナ。すると、ココナに見込みがあると感じた魔王様から息子である王子のお世話係を頼まれてしまう。そこでココナは、いろんな子供たちと一緒に過ごせば、王子もすくすく優しく育ってくれると考え、魔界で幼稚園をはじめることに！　そうして集まった子供たちは……狼少女、猫獣人、吸血鬼、竜人族！　可愛いけれど、一筋縄ではいかなくて——？

＊B6判 ＊定価：本体680円＋税 ＊ISBN978-4-434-27542-5

アルファポリス 漫画 検索

RC Regina COMICS
大好評
発売中!!
メイドから母になりました
1~6
原作 Seiya Yuzuki 夕月星夜
漫画 Asuka Tsukimoto 月本飛鳥
アルファポリスWebサイトにて
好評連載中！
メイドから母になりました 6
転生して凄腕メイドになった元女子高生。
謎の男たちの襲撃から愛娘を守ります！
シリーズ累計29万部突破!! 子育てファンタジーコミカライズ！
アルファポリス 漫画
検索
(電子含む)
シリーズ累計29万部突破！
子育てファンタジー
待望のコミカライズ！
異世界に転生した、元女子高生のリリー。
ときどき前世を思い出したりもするけれど、
今はあちこちの家に派遣される
メイドとして活躍している。
そんなある日、王宮魔法使いのレオナールから
突然の依頼が舞い込んだ。
なんでも、彼の義娘《むすめ》・ジルの
「母親役」になってほしいという内容で──？
B6判・各定価：本体680円＋税

RC
Regina COMICS
原作
山石コウ
Kou Yamaishi
漫画
五月紅葉
Kouyou Satsuki
私がアンデッド城でコックになった理由
THE REASON WHY I BECAME A COOK IN A UNDEAD CASTLE
1~2
大好評発売中！

原作 雪兎ざっく 漫画 鳴海マイカ
Zakku Yukito Maika Narumi
RC Regina COMICS
Eランクの薬師 1〜2
異世界成長ファンタジー
待望のコミカライズ!
アルファポリスWebサイトにて
好評連載中!
薬師のキャルは、冒険者の中でも最弱のEランク。役立たずと言われながらも、仲間のために薬を作り続けていたのだけれど……ある日、ついにパーティを追放されてしまった! 故郷に帰るお金もなく、見知らぬ町で途方に暮れていると、ひょんなことから死にかけの魔法剣士・カイドに出会う。さっそく彼に治療を施し、自作の回復薬を渡したら、なぜかその薬を大絶賛されて――!?
落ちこぼれ薬師 万能薬で大活躍
万能薬を武器に S級任務に挑む!
B6判／各定価:本体680円+税
アルファポリス 漫画
検索
大好評発売中!

この作品に対する皆様のご意見・ご感想をお待ちしております。
おハガキ・お手紙は以下の宛先にお送りください。

【宛先】
〒150-6008 東京都渋谷区恵比寿4-20-3 恵比寿ｶﾞｰﾃﾞﾝﾌﾟﾚｲｽﾀﾜｰ 8F
（株）アルファポリス　書籍感想係

メールフォームでのご意見・ご感想は右のＱＲコードから、
あるいは以下のワードで検索をかけてください。

アルファポリス　書籍の感想　検索

ご感想はこちらから

本書は、Webサイト「アルファポリス」（https://www.alphapolis.co.jp/）に掲載されていたものを、改題、改稿、加筆のうえ、書籍化したものです。

処刑《しょけい》された王女《おうじょ》は隣国《りんごく》に転生《てんせい》して聖女《せいじょ》となる

空飛ぶひよこ（そらとぶひよこ）

2020年 7月 5日初版発行

編集－桐田千帆・宮田可南子
編集長－太田鉄平
発行者－梶本雄介
発行所－株式会社アルファポリス
〒150-6008 東京都渋谷区恵比寿4-20-3 恵比寿ｶﾞｰﾃﾞﾝﾌﾟﾚｲｽﾀﾜｰ8F
TEL 03-6277-1601（営業） 03-6277-1602（編集）
URL https://www.alphapolis.co.jp/
発売元－株式会社星雲社（共同出版社・流通責任出版社）
〒112-0005 東京都文京区水道1-3-30
TEL 03-3868-3275
装丁・本文イラスト－祀花よう子
装丁デザイン－AFTERGLOW
（レーベルフォーマットデザイン―ansyyqdesign）
印刷－図書印刷株式会社

ISBN978-4-434-27548-7 C0093